别捣乱，小排骨

Henry and Ribsy

【美】贝芙莉·克莱瑞 著
朱枣 译

晨光出版社

图书在版编目（CIP）数据

别捣乱，小排骨 /（美）贝芙莉·克莱瑞著；朱枣译. —昆明：晨光出版社，2024.1
（国际文学大师书系）
ISBN 978-7-5715-2136-3

Ⅰ.①别… Ⅱ.①贝… ②朱… Ⅲ.①儿童小说-中篇小说-美国-现代 Ⅳ.①I712.84

中国国家版本馆CIP数据核字(2023)第222923号

HENRY AND RISBY by Beverly Cleary
Copyright © 1954, renewed 1982 by Beverly Cleary
Simplified Chinese translation copyright © 2024
by Aurora Publishing House
Published by arrangement with HarperCollins Children's Books, a division of HarperCollins Publishers through Bardon-Chinese Media Agency
ALL RIGHTS RESERVED

著作权合同登记号：图字：23-2019-107号

别捣乱，小排骨
BIE DAOLUAN, XIAO PAIGU

【美】贝芙莉·克莱瑞 著
朱枣 译

出版人	杨旭恒		
策　划	黄楠 萌莹	排　版	云南安书文化传播有限公司
责任编辑	张萌	印　装	昆明业成印务有限公司
装帧设计	唐剑 陈蒙	经　销	各地新华书店
责任校对	杨小彤	版　次	2024年1月第1版
责任印制	廖颖坤	印　次	2024年1月第1次印刷
出版发行	晨光出版社	书　号	ISBN 978-7-5715-2136-3
地　址	昆明市环城西路609号新闻出版大楼	开　本	145mm×210mm 32开
邮　编	650034	印　张	5.75
电　话	0871-64186745（发行部）	字　数	80千
	0871-64186270（发行部）	定　价	29.00元

晨光图书专营店：http://cgts.tmall.com

序言

  在和我的小读者们一样大的时候,我读书总是跳过序言,因为等不及要进入故事,好读个痛快。读完以后,如果喜欢那个故事,我就会回过头去,读一读在开始就该读的序言部分。如果我不喜欢那个故事,它的序言也自然弃之不读了,因为不管作者要在里面说什么,我都不感兴趣了。而现在的我,却在给这本书写序言。这本书是我第一次正儿八经尝试创作的产物，那些在学校里写的作文自然不算在内。小读者们若不想读，就跳过去吧。不过，若现在不读，我还是希望你们在看完故事之后，能回头来看看这个序言。

关于这本书，我能告诉你们什么呢？首先，回想写这本书的时候，我自己都没想到能把它写完。虽然我很小的时候就梦想能写些东西，但苦于想法混沌不清，自然不知该从何写起。我想过写一个小姑娘的故事，毕竟我自己也曾经是个小姑娘，作家不就是应该写自己了解的事情嘛。

时光荏苒，一晃我就三十出头了。少时的写作梦已经做了很长时间，动笔的那一天终于到了。我曾于繁忙的冬季在书店工作，我的任务就是推销一本和小狗有关的故事书。那只小狗会说话："汪汪，我喜欢绿草。"我想，哪有小狗会这么说话，反正我自己从没见过。我知道我有能力写一本更精彩的故事书。

　　我坐在一张旧餐桌前，餐桌放在一个空空荡荡的房间里。这个房间原本是一个卧室。我一直坐着，坐着，想构思一个小姑娘的故事，却又想不出只言片语。我看着鸟儿在桉树上叽叽喳喳地歌唱，我把猫从笼子里放出来，又把它关进去。我胡乱地写了几行和一个小姑娘有关的句子，简直痛苦极了。后来我想明白了，连自己都读不下去的故事，别人又怎么会爱读呢？似乎在整个孩提时代，我要么在读图书馆里借来的书，要么就在织擦拭杯盘用的抹布。我是不是已经忘了该如何写故事了？未必！我坐着想啊想，突然想到了一群来给我帮忙的小男孩。那个时候我还是一个儿童图书馆的管理员，图书馆在华盛顿州的亚基马县。这些不爱读书的小男孩活泼好动，他们是附近圣约瑟夫学校的老师派来帮忙的，任务是找一些他们喜欢的书。他们两两一组排着队，镇定地齐步走进图书馆，一直走到通向地下儿童阅览室的楼梯口，随即队形大乱，跳叫嬉闹起来。我的任务就是找些他们可能爱看的书，而他们则要回去读这些书，第二个星期回来向我汇报读书心得。

事后证明，这件事比我想象的困难得多。图书馆书架上的书，他们爱读的极少。终于，其中一个孩子憋不住了，他问道："我们小朋友爱看的书在哪儿呢？"其他孩子听了之后也频频点头表示认同。是啊，孩子们爱读的书到底在哪儿呢？事实是，一本都没有。我使出浑身解数，找到了几本和狗有关的故事书。如果故事里的狗没在最后死掉的话，他们才会觉得这故事还凑合。对了，我还找到几本和熊有关的书。

认识这帮男孩十年之后，我坐下来开始打字。那时我创作欲正盛，梦想着有一天能当个作家。我脑袋里琢磨着那帮男孩，还加上所有我认识的男孩，他们来自普通家庭，通常住在老旧的街区，屋前有草坪，还有两旁种满树木的街道。这些男孩没有经历过惊心动魄的冒险，但并不妨碍他们寻找属于自己的乐趣。

　　灵感来了。我不去构思什么女孩的故事了，就写一个男孩的故事吧。这个男孩的名字就叫亨利·哈金斯，一个萦绕在我脑海里很久的名字。亨利会有一只狗，那种在城里随处可见的土狗。这是因为，我们读过的故事里的狗，一般都是那种在乡间生活的名贵狗。我的创作灵感源自一个真实的故事。一位处于两难境地的母亲向我描述了一个让她颇感苦恼的事情，她的两个孩子想要坐有轨电车时把一只流浪狗带回家。我随后就体会到了根据自己的喜好对真实故事进行改编的乐趣，两个孩子变成一个孩子，有轨电车变成公共汽车……我还发现，我不知道如何"写"故事，但我知道如何"讲"故事。我想象着我在给以前亚基马县的小听众们讲故事，边讲边写下来。我认为，要为小读者们创作，归根到底就是把一个精彩的故事给讲出来。

怀着愉快的心情，我把写好的一个小故事寄给了一位出版商。据说这位出版商非常喜欢简单易读的东西。书稿虽已寄出，但我发现亨利仍然在我脑海里挥之不去。我的大脑就像一个装满了各种想法的垃圾袋。这些想法是从一堆各式各样的想法里挑出来的，有的是自己的回忆，有的是从他人那里听说的趣事，有的是报纸文章里的故事，还有的是无意间听到的一段对话，总之是我周围世界里发生的事情。如此种种，一切的一切，全都在拨动我想象的琴弦。

寄出的书稿很快就寄回来了。让我没想到的是，一同寄回的还有一封信。那封信鼓励我继续往下写，把故事寄给杂志社，最后把它们组织成一个篇幅完整的小说。说得对啊！看来我比自己想得更出色啊，可我对杂志并无兴趣。因此我静下心来，以一周写一章的速度，一连写了五个关于亨利的故事。这一次我是用纯手写的方式完成的，因为我不喜欢用打字的方式，这个习惯到现在依然如故。写着写着我竟然把一个男孩的故事写完了，除了最后一章还有不满意之处，故事情节都已完成。对此我自己也颇感意外。接下来我加班加点，敲出文稿，并把书稿邮寄给了少儿出版社，因为在书店工作的人都知道，编辑伊丽莎白·汉密尔顿在业界颇具声望，她以眼光独到著称。

这一次我非常急切地盼望着回信，连邮递员都好奇地问我，到底在等什么。每次询问邮递员，他都摇头表示没有我的信。直到六个星期之后，他终于绕过我的邮箱，手里挥舞着一个信封直奔我的家门而来。有我的信！我的稿件没有被退回，是编辑给我写的回信。

伊丽莎白·汉密尔顿在信里说他们对我的书稿很感兴趣,问我能否考虑对最后一章做些修改。我当然愿意喽。事后证明,所做的修改也很微不足道。即便是最后一章,在听取了伊丽莎白专业的建议之后,所有问题也都很快解决了。待我将书稿寄回之后,伊丽莎白回信告诉我,书稿已被接受,并说亨利的故事将会成为那个秋季最令人期待的图书。以此信为起点,我的很多书稿后来都顺利出版了,我也成为——用小读者们在那之后五十年里最常用的词来说——一个真正长盛不衰的作家。

贝芙莉·克莱瑞

目录

第一章　小排骨闯祸了　001

第二章　倒不完的垃圾　026

第三章　亨利理发　058

第四章　两颗犬齿　082

第五章　家长教师协会　097

第六章　小排骨去钓鱼　124

第七章　沙滩上的鲑鱼　148

第一章
小排骨闯祸了

八月，一个星期六的早晨，阳光明媚，亨利一家正在克利基塔特街上那个正方形的白色房子中吃着早饭。小排骨坐在亨利的椅子边，期待着主人能给一些东西吃。哈金斯夫妇听着收音机播放的《九点新闻》，亨利则苦苦思考着今天该如何度过。当然，他可以跟斯库特一起打网球，也可以骑着自行车去罗伯特家玩铁路模型，但这些他每天都可以做，他打算今天做一些不一样的事情——他之前从未做过的事情。

还没等亨利想好今天的去处，收音机里的新闻节目就结束了。每个星期六早晨亨利都会听到这样的广告，他跟着唱了起来：

"汪汪狗粮是最好的，
　比其他狗粮所含的肉都要多，
　　请你每天都买一罐狗粮，

你的狗狗就会快乐无比。

汪汪！汪汪！汪汪狗粮！"

随后，收音机里传出一阵狗吠声。

"汪汪！汪汪！"小排骨冲着收音机叫起来。

这时候，播音员的声音再次响起："你的狗狗是你的家庭成员之一吗？"

"当然是了！"亨利冲着收音机大声说道，"我的狗狗是世界上最好的狗！"

"亨利！请你将音量调小点儿！"哈金斯夫人一边冲着咖啡，一边说道，"另外，我想起来了，我听格林夫人说，小排骨从她刚刚种好的草坪上跑过，留下了两行很深的爪印。"

"呃——它不是故意在草坪上搞破坏的。它只不过——"亨利想起来了，小排骨是在追赶格鲁比家的猫时从草坪上跑过的，"它只不过是因为太匆忙才——"他怯怯地说，"你其实是一只很好的狗，是吗，小排骨？"

啪——啪——啪——小排骨用尾巴拍打着地毯。

 国际文学大师书系

"我们认为它是一只很好的狗,可是邻居们却不这样认为,因为它在追赶猫的时候踩踏了他们刚种好的草坪。"哈金斯先生说道。

亨利吃惊地看了看爸爸,很纳闷他是怎么知道的,同时,他不明白,为什么受到谴责的是小排骨,而不是那只猫。毕竟是那只猫先跑到草坪上的。"可是,不管怎样,小排骨没有在半夜吠叫,不像隔壁街区的那只柯利牧羊犬,把所有人吵得无法睡觉。"亨利说道。

"还不是半斤八两?你以后要严加看管小排骨,我不希望它再让邻居们感到困扰!"哈金斯先生将餐巾纸放到自己的餐盘边,说道,"我今天要去加油站一趟,给汽车更换机油。"

亨利突然产生了一个想法。他还没去过加油站!以前,每次爸爸去加油的时候,他都很想去。

"呀!哎——小排骨——"亨利话到嘴边又吞了回去,因为妈妈不会喜欢这个计划的。他要等妈妈离开餐桌后再问爸爸他什么时候去加油站。

等妈妈从餐桌边离开后,亨利才急切地问道:"爸爸,我能跟你一块儿去吗?"

"当然可以!"哈金斯先生爽快地回答道,"我们现在就出发!"

"汪汪狗粮是最好的……"亨利一边唱着歌,一边带着小排骨爬上了汽车的前座。亨利坐在中间挨着爸爸,因为小排骨喜欢靠窗坐,可以去嗅各种有趣的气味。亨利很高兴能和爸爸去一些新奇的地方,哪怕只是加油站而已。和爸爸单独在一起的时候,他总是很享受这种与成年人在一起的感觉。他很希望爸爸能有时间带他去更多的地方。

在驱车前往加油站的路上,从玫瑰城体育用品店前面经过时,亨利发现里面陈列着网球拍、高尔夫球棒和渔具等。渔具再次让亨利产生了一个新想法。"哎——爸爸——"他说道,"我在想,你最近会去钓鱼吗?"

"会啊!"哈金斯先生将车停在红灯前说道,"格鲁比先生和我商量好了,九月份去钓鲑鱼。怎

国际文学大师书系

么了？"

"今年你们带我一起去钓鱼好吗？"亨利尽量让自己的声音听起来像大人那样成熟而又随意。

哈金斯先生开车经过超市，拐进加油站后，说道："到时候看吧！"

亨利和小排骨从汽车里跳出来时，心里高兴坏了，爸爸每次说到时候看吧，意思就是：如果没有什么意外发生的话就可以。如果他说问你妈妈去，那代表他根本不在意亨利是否能够跟着去钓鱼。可是，刚才爸爸说"到时候看吧"！亨利仿佛看到自己坐在小船中钓到一条鲑鱼，正将鱼线往回收。他还仿佛看到自己手中拎着鲑鱼，爸爸在一旁给自己照相，旁边的人们称赞说："这么大的一条鲑鱼，竟然是亨利这个小屁孩钓上来的！"

哈金斯先生跟加油站的老板艾尔先生交代好更换机油的事儿后，转过身对亨利说："我现在去银行办些事儿。你是跟我一起去银行呢，还是留在这里等着我？"

亨利只顾着沉浸在钓鱼的幻想之中，竟然忘记了自己来加油站的目的，他看了看升降架，犹豫起来。也许自己的想法太愚蠢了吧？可是他一直都想实现这个想法啊！他吞吞吐吐地说道："爸爸——当汽车被抬高的时候，我可以坐在汽车里面吗？"

哈金斯先生和艾尔先生同时哈哈大笑起来。"我在你这么大年纪的时候，也常常会有同样的想法！"哈金斯先生说道，"我倒不反对，不过，艾尔先生就未必同意了——"

"哈哈，我也没有意见！"艾尔先生说道，"但是，一旦你随着汽车升上去，就必须得一直待在里面，直到换油结束。你可能要等上一会儿，因为我得去招待其他顾客。"

"没问题！我会一直待在里面的。"亨利应允道。

"并且你不可以打开车门！"爸爸提醒说。

"我答应不打开车门。"亨利说道，然后，他回到车中。艾尔先生将汽车开过去，然后下车将汽

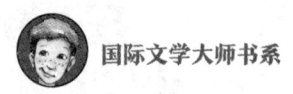
国际文学大师书系

车固定好。他旋转了一下把手,亨利感觉到汽车开始缓缓上升。

"再见了!爸爸!"亨利喊道,汽车载着他慢慢升入半空中。亨利感觉自己像是在坐空中电梯一般,如果他的那些小伙伴们现在就在旁边看着,那该有多好啊!

汽车停住了,亨利听到车下响起了噗——噗——噗——噗——的声音,这是机油流出时发出的声音,艾尔先生现在已经开始工作了。从半空中往下俯瞰,感觉可真不一样啊!如果汽车能升到这么高,并在空中跑来跑去,那该多有趣啊!

"汪汪!"小排骨叫了两声,忧虑地望着亨利,它不明白汽车为什么会升到半空中去。

"我没事儿!小排骨!"亨利说道,"我不会再继续升高了。"

"啪——啪——啪——"小排骨用尾巴拍打着水泥地面。

艾尔先生招待其他顾客去了。小排骨意识到亨

别捣乱，小排骨

国际文学大师书系

利乘坐的汽车不会开走后,就在加油站闲逛起来,它一会儿嗅嗅加油泵,一会儿嗅嗅煤焦机。亨利坐在方向盘后面,假装自己正在半空中开车。他很希望自己的小伙伴们能来到这里。

说曹操曹操到!斯库特·麦卡锡骑着自行车来到了加油站!斯库特在打气软管边停下来,开始拧起自行车前轮上的气门芯来。

"嗨!斯库特!"亨利喊了一声。

斯库特被吓了一跳,他往四周看了看,却没有发现亨利。他疑惑地弯下腰给前轮打气。

我现在可以好好捉弄一番斯库特了,亨利心想。于是他用阴阳怪气的声音说道:"哈喽!我是亨利·哈金斯。"然后他迅速缩下脑袋,躲起来。

正咝咝作响的打气声顿时停了下来。

亨利探出头,往下面窥视,发现斯库特一脸茫然。

"真巧呀!"亨利继续阴阳怪气地说道,还狞笑了一声。

"你在上面还好吧？伙计！"艾尔先生回来了，他大声问道。

"我在这里很好！"亨利不得不窘迫地回答道。

"哈哈！我早就知道你是在上面！"斯库特边拧后轮上的气门芯边说。

"你不知道！"亨利说道，"你只知道声音是从加油站里面发出的。"

"哈哈，自作聪明！"斯库特嘲笑道，并继续咝咝地给后轮打气。

"你知道吗？"亨利说道，"爸爸说他今年要带我去钓鲑鱼！"这一定会让斯库特感到很惊讶。

没想到斯库特竟然反问道："你还没钓过鱼吗？"

"当然钓过了！但没钓过鲑鱼。"亨利说道。他以前确实钓过鱼。有一次，他和爸爸妈妈在桑迪河边野炊，河里的小鱼太多了，人们纷纷用网兜网鱼。当时亨利没有带网兜，他就用一个旧针织帽舀

起了一些鱼,然后妈妈将这些鱼烧了给他吃。他确实钓过鱼,不过,他可不愿意告诉斯库特他是怎么钓到鱼的。

"我爸爸去年就带我去钓过鲑鱼了。"斯库特很自豪地说道。

亨利原本应该想到这一点的。斯库特比他大两岁,无论什么事情,斯库特都要比他先做。"你钓到鱼了吗?"亨利问道。

"钓过一条银鳞鲑鱼。"斯库特扬扬自得地答道,这时,他正在拧后轮上的气门芯。

"哦,那只不过是一条小小的鲑鱼。"亨利说道。

"我可不认为十五磅①重的鱼算是小鱼!"斯库特说道。

"我敢打赌,我能钓上来一条大鳞鲑鱼!"亨利夸口道。

"好吧!到时候你让我见识一下!"斯库特嘲

---

① 磅:英美制质量或重量单位,1磅合0.4536千克。

笑道，"大鳞鲑鱼有二三十磅重呢，就算大鳞鲑鱼咬住你的鱼钩，你也无法把它拖上来！"

"我肯定能拖上来的！"亨利说道。

"不！你拖不上来的！我知道，因为我以前钓过鲑鱼，你却从来没钓过。"斯库特说，"再见了！"接着他便踩着自行车的踏板离开了。

"你就等着看吧。我一定能钓到鲑鱼的。"亨利大声喊道。

他在心里默默地想：斯库特这家伙并不是因为聪明，他只是早我一步。

艾尔先生又给亨利乘坐的汽车加了一会儿油后，再次匆匆离开了，有新的顾客要招呼。小排骨望着亨利，似乎希望他能赶快下来。

"我很快就会下去的，伙计！"亨利说道，同时，他还在期待着什么。原来坐在上面并没有自己想象中那么有趣。

正在这个时候，一辆警车在加油站旁边的超市前停了下来。一名警察从警车中走出来，匆匆进到

 国际文学大师书系

超市。

"天哪!发生了什么事?亨利心想,肯定是发生了什么事!也许是有人在超市里抢劫!如果劫匪出来四处开枪的话,我最好缩起来。

"三——M——八十五——给予帮助。"警车中的无线电设备发出声音来。

天哪!我敢打赌,这句话的意思是警察总部正在派遣更多的警员前来增援。如果劫匪出来并试图逃跑的话,我这里最适合暗中观察了!我紧紧地盯着超市门口,留意任何可疑人员!

亨利往座位里缩了缩,从车门的边缘处往下面窥视着。他看到一位年轻的妈妈抱着一个婴儿从超市中走了出来,她身后跟着一个拄拐杖的男人。这两个人看起来都不像是可疑人员。且慢!亨利突然想到,拄拐杖的那个男人可能是伪装出来的,说不定他到拐弯处就扔掉拐杖奔跑起来了!我得继续观察他才行!

噗——噗——噗——注油枪再次在车下面响了

起来。

"十三——L——十遇到十三A九。"警车中的无线电设备再次发出了响声。增援人员马上就要到了！亨利心想。

就在这个时候，小排骨抽动着鼻子嗅了嗅，然后径直到了警车边，小排骨这是怎么了？亨利顿时将目光从拄拐杖的男人身上移到了小排骨身上。那个警察下车时没有把车门关紧。亨利吃惊地发现，小排骨竟然用鼻子将车门推开了，然后钻到了前排座位上。

"小排骨！"亨利喊了起来，"你给我出来！"

警车中的无线电设备突然再次响了起来："三——M——八十五——第二和百老汇。"

小排骨被吓了一跳，慌忙从警车中爬出来，无线电设备重新安静下来。

"小排骨！你离警车远一些！"亨利在空中命令道。

 国际文学大师书系

小排骨这一次很谨慎地慢慢靠近打开的车门。

"你赶快离开那儿!"亨利喊道。

小排骨再次跳进了警车中。

"小排骨!"亨利几乎要绝望了。

小排骨从警车里跳了出来,嘴里叼着一个牛皮纸袋。

天哪!小排骨可闯大祸了!"小排骨!你快丢下它!"亨利气急败坏地命令道。

小排骨顺从地丢下那个纸袋。它抬起头看了看亨利,摇摆了几下尾巴,然后用爪子和牙齿撕起纸袋来。

亨利望了望下方的地面,太高了!并且,他答应过爸爸,他绝不会打开车门的。他得想其他办法才行。"艾——艾尔先生!"他冲着车下正在工作的艾尔先生喊道。

噗——噗——噗——注油枪依然在响着,噗——噗——噗——噗——

"小排骨!"亨利大声喊道。小排骨抬起头看

了看亨利，摇起了尾巴，此时，它嘴里正叼着一个三明治。

"放下！"亨利命令道。小排骨两三口就将三明治吞了下去，然后它再次将嘴巴伸进了纸袋中。

亨利在心中暗自祈祷着，希望那个警察能在超市里多待会儿。他可不想让那个警察知道他的午餐是被自己的狗给偷走的。这个时候爸爸应该回来了呀！亨利焦躁地寻觅爸爸。

这时有两辆汽车驶进了加油站，艾尔先生匆匆赶过去。一个魔鬼蛋被小排骨弄了出来，在辅道上滚动起来。小排骨嗅了嗅这个魔鬼蛋，然后叼起它吞进了肚子里。

你怎么能这样呢？在家里，它可不愿意吃这样的蛋，因为容易弄脏它光滑的毛发。小排骨再次将嘴巴伸进了纸袋中。偷窃别人午餐的狗会不会受到惩罚呢？尤其是警察的午餐！亨利焦虑起来。

就在这个时候，那名警察从超市中走了出来，手里拎着一个袋子。他看了看被打开的那扇车

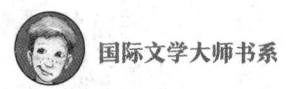
国际文学大师书系

门,接着他看到了小排骨,大喊道:"你!给我过来。"

他要对小排骨干什么?亨利惊慌起来。

小排骨意识到自己闯了祸,便叼起那个纸袋,在加油泵之间奔跑起来。警察在后面追赶着。"你给我回来!"警察大声吼叫着,然后被加油泵上的一根管子绊倒在地。小排骨跑到了正在加油的那辆汽车下面。警察站起身,命令道:"你给我出来!"

艾尔先生将管子盘好,那辆汽车的驾驶员发动了汽车。马达声将小排骨吓得跑了出来。

真希望自己能立马从车里出去,亨利心想。爸爸为什么还不回来呢?

"让我把它赶出来吧!"艾尔先生对警察说。

艾尔先生和警察在小排骨后面追赶,然后,他们转到了加油站的后面,从亨利的视线中消失了。亨利只听到两双脚在水泥地上跑来跑去的声音,他很绝望地想知道接下来会发生什么。小排骨从加油泵的后面出来了,将那个牛皮纸袋丢在地上,看着那个警察。亨利不知道自己现在该如何是好,是呼喊还是缩在汽车里。

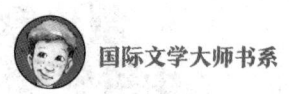 国际文学大师书系

当警察离小排骨只有几英尺①远的时候,小排骨叼起纸袋,从警察的身旁跑了过去,然后钻进润滑油注入架下方。警察追赶过去时,亨利吃惊地发现,警察的一只手摁在腰间的手枪上。

"请不要开枪!"亨利恳求道,"请不要冲我的狗开枪!"

警察惊讶地停下脚步,往四周打量了一圈,却没有发现声音的来源。

"我在你上面!"亨利用很小的声音说道,"请不要冲我的狗开枪!我知道它不应该偷你的午餐,可是我请求你不要冲它开枪。"

警察吃惊地望着亨利从上方的汽车中探出脑袋。"我没打算冲你的狗开枪。"他亲切地说道,"我不过是想把我的午餐袋拿回来而已,如果里面还有剩余的话。"

"可是我看到你把手放在手枪上,我以为——"亨利说道。

---

① 英尺:英美长度单位。1英尺合0.3048米。

"我不过是用手摁住枪,不然它在屁股上晃个不停。"警察解释道。

那还不是一样吗?反正你的手放在手枪上。亨利依然认为小排骨凶多吉少。"我在想,你的午餐恐怕所剩无几了。"亨利有礼貌地说道。

这时,哈金斯先生竟然回来了,于是亨利长长地吁了一口气。"发生了什么事?"看到警察正在和亨利说话,哈金斯先生问道。

"我去超市里买牛奶,准备搭配我的午餐。"警察开始解释起来。

去买一盒牛奶!原来超市里根本就没有发生抢劫!亨利顿时非常失望——警察去超市竟然是为了这么一件小事!原来警察也会像其他人一样喝牛奶。

哈金斯先生冲着小排骨打了几个响指,小排骨从下面出来了。它很愧疚地走到哈金斯先生脚边,将那个已经撕破了的纸袋丢在地上,半个杯形蛋糕从纸袋中滚了出来。

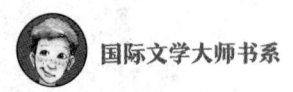

"还有别的剩下的东西吗?"哈金斯先生看着小排骨问道,"你不应该感到惭愧吗?"

小排骨耷拉着尾巴和耳朵。亨利看得出小排骨真的感到很惭愧。他很希望那个警察看到小排骨惭愧的模样。"'抢劫警车'的狗会受到什么惩罚?"亨利问道,"它们会被抓起来吗?或者它们身上会被添加上一个标记性的金属牌吗?或者——"

警察哈哈大笑道:"不会的,不至于这么严重。可是,它很可能会感到胃痛,因为它吃得太多了!"

亨利终于松了一口气,他咧开嘴,冲警察笑了起来,然后说道:"如果它真能感到胃痛的话,那倒好了呢,让它遭受一点儿小小的惩罚。"

哈金斯先生坚持要补偿警察的午餐,然后警察开着警车离开了,艾尔先生则将亨利乘坐的汽车给降了下来。当小排骨钻进汽车中的前座时,亨利愤怒地说道:"你这只混蛋狗!你看看你给我们带来多少麻烦！你的尾巴上全是油。妈妈看到你这样子，肯定要生气的！"小排骨望着亨利，摇摆着尾巴，似乎在祈求他原谅自己，亨利忍不住伸出手拍了拍它。

哈金斯先生若有所思地说道："最近，小排骨似乎闯了很多祸。"

"我知道，可是，它依然是一只非常可爱的小狗。"亨利说道。

在回家的路上，再次看到玫瑰城体育用品店时，亨利又想到了钓鱼的事情，于是他开口说道："爸爸——我跟斯库特闲聊，他告诉我，他去年就钓过鱼了，还钓到了一条银鳞鲑鱼。我信誓旦旦地说我能钓到大鳞鲑鱼。我打赌说——"

"慢着！"哈金斯先生打断了他，"我没有说过一定会带去你钓鱼啊！我说的是，到时候看。"

"爸爸——"亨利抗议道，"这还不是一回事？"

哈金斯先生沉默了一会儿，然后说道："亨

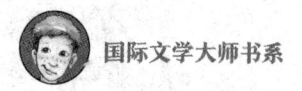

利，我刚才思考了一会儿，现在告诉你我的决定。关于钓鱼这件事，我想跟你做一笔交易。"

"什么交易？"亨利很急切地问道。他希望爸爸的要求不要太过分，他实在是太想去钓鱼了。

"从现在开始，到九月中旬我去钓鲑鱼的那一天，在此期间，如果你能确保小排骨不再闯祸的话，我就带你一起去钓鱼。"哈金斯先生说道，"也就是说，不要再有邻居来抱怨小排骨！"

"没问题！"亨利说道，"就这么定了！"原来爸爸的要求这么简单！这简直是小菜一碟！没什么可担忧的。只要自己时时刻刻都紧盯着小排骨，它肯定不会再闯什么祸了，毕竟，从现在开始到九月中旬已不到两个月了。他拍了拍已把头探出窗外的小排骨，说道："从现在开始，你绝不能再闯祸了！记住了没？"

小排骨摇起油腻腻的尾巴，并蹭到了亨利的脸上，然后汪汪叫了两声，似乎在允诺。

"真是一只可爱的小狗！"亨利说道。亨利

相信，自己一定能完成爸爸交给自己的任务。如果自己每时每刻都盯紧小排骨的话，它就不会再闯祸了。它还有可能闯祸吗？之前，小排骨曾叼着邻居准备在后院中做烧烤用的肉块跑掉，也曾将斯库特在克利基塔特街上投递的十七份报纸给叼走。也许，到九月中旬，让小排骨不再闯祸，并不是一件容易做到的事，亨利现在感到有点儿不自信了。他越是这么想，就越是感到后悔——自己当时不应该匆忙告诉斯库特自己要去钓鱼。

第二章
倒不完的垃圾

还有两个星期就要开学了。一天晚上,亨利在厨房里喂小排骨,哈金斯先生在刷碗碟,哈金斯夫人则负责擦拭洗过的碗碟。亨利从冰箱中取出一些马肉和半罐汪汪狗粮。啪——啪——啪——小排骨用尾巴拍打着地面,同时用眼睛盯着亨利。

亨利将肉切成碎片,放在小排骨的盘子中,看着它开始吞咽这些肉时,亨利问道:"你为什么不咀嚼呢?"

亨利将罐子中剩下的狗粮全部倒在那个印有"犬用餐盘"字样的塑料盘中。小排骨嗅了嗅这些狗粮，然后摇摆了几下尾巴，可怜巴巴地望着亨利。亨利明白，小排骨不想吃狗粮，只有在确认确实没有肉给它吃时，它才会去吃狗粮。

"肉确实已经没有了！"亨利说道，"吃你的狗粮吧！这才是一只好狗应该吃的。吃汪汪狗粮的狗会变得更快乐。你看，罐子上就是这样写的。"

"汪汪！"小排骨叫了两声，然后它走到冰箱前，表示自己真正想吃的其实是另外一块马肉。

"那好吧！只能再吃一块！"亨利说着打开冰箱的门，"你已经将近两个星期没有闯祸了！我就奖励你一块马肉吧！"哈金斯夫人将擦拭碗碟的毛巾挂了起来。亨利准备将汪汪狗粮的空罐子丢进妈妈放在水槽下面的那个脚踏式垃圾箱中。哈金斯先生往旁边闪了一下身体，好让亨利将垃圾箱给拉出来。亨利不需要用脚去踩那个踏板，垃圾箱的盖子就打开了，因为垃圾箱里已经装满了垃圾，盖子早

就盖不上了。

小排骨走到垃圾箱边嗅了嗅,希望里面能有主人不小心扔错的骨头。亨利小心翼翼地将空罐子往马铃薯皮屑上摁下去。他正准备将垃圾箱重新往水槽下推时,妈妈说话了:"我已经厌倦了每天丢垃圾。"她的语气听起来很严肃。

亨利和爸爸彼此面面相觑。哈金斯先生接着说道:"亨利,你的妈妈已经厌倦了每天丢垃圾。"

亨利没有说话,他可不想掺和进去。

"连续十一年,我每天都要把垃圾送到外面。"妈妈继续说道。

"十一年!"哈金斯先生说道,"想想这是什么概念!"

"每天!日复一日!"哈金斯夫人说完,大声笑了起来。

"并且是年年!年复一年!"哈金斯先生接过话茬儿说道。

亨利不明白为什么爸爸妈妈会觉得如此好笑。

他不能说自己也厌倦了倒垃圾,因为他一次垃圾都没倒过,相反,他说道:"呃——我想,我想我要去罗伯特家玩电动火车了。"

"稍等,亨利。"爸爸说道,"你制造的垃圾其实跟我们制造的垃圾是一样多的。"

亨利并不认为爸爸的话有什么好笑的。

"呃——"亨利咕哝道,他不想做与垃圾有关的任何事情,并且,克利基塔特街上没有一个孩子倒垃圾——至少不是每天都倒。

"我说说我的想法吧!"哈金斯先生说道,"如果你去倒垃圾的话,那么你每个星期的零花钱就给你增加十五美分。"

"你是说每天都要倒?"亨利问道,他希望爸爸是说错了,把每隔一天说成了每天。他瞅了瞅那堆积得很高的垃圾,我的天哪!他明白妈妈为什么说厌倦了。

"每天!"哈金斯先生很干脆地说道。

"也许有其他事情能让我挣十五美分。"亨利

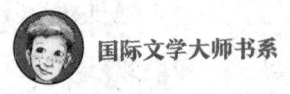
国际文学大师书系

建议道,"比如说——"

"没有!"爸爸断然说道,"就是倒垃圾!"

亨利想了想。他现在每周的零花钱是二十五美分,加上十美分就是三十五美分,再加上五美分就是四十美分。这增加的十五美分可以买很多东西。很多爸爸会直接说去把垃圾给丢出去,却一分钱的报酬也不给。也许还有比倒垃圾更可怕的事情,虽然亨利暂时还想不出这样的事情是什么,另外,如果他不答应的话,爸爸有可能会命令他这样做,并且还不给他涨零花钱。

"好!就这样说定了!"亨利装作很热情地说。他一只手捂着鼻子,另一只手从脚踏式垃圾箱中取出垃圾盒,然后拎着垃圾盒出去了。

"不算太糟糕吧?"哈金斯夫人高兴地说道,"这些都是刚丢进去没多久的垃圾。"

小排骨跟在亨利的后面出了后门,一路走着,一路嗅着,它观察着亨利将那个容量有三十加仑①

---

① 加仑:英美制容量单位。

的镀锌金属垃圾桶的盖子打开,这个垃圾桶跟克利基塔特街上每一户人家后门旁边立着的垃圾桶一模一样。亨利往垃圾桶中瞅了瞅,里面已有一半垃圾了。小排骨将爪子放在垃圾桶的边沿上,也往里面窥视。大多数垃圾都是用报纸包着的,没有亨利原来想象的那么糟糕,然而,有一些汁液类的垃圾已经浸透了报纸。这些垃圾非常难闻,特别是几个金枪鱼罐头的味道更是臭气冲天。亨利将垃圾盒中的垃圾倒入垃圾桶中,然后拎着空垃圾盒回到厨房放好。之后,他和小排骨去罗伯特家。

这个星期,亨利每天都去倒垃圾。妈妈每天最多提醒他两次,他就起身去倒垃圾了。周末来临前,那个大垃圾桶中就装满了湿漉漉的报纸、陈旧的狗粮罐子、豌豆壳、剪掉的草、鸡骨头(哈金斯先生不允许亨利咀嚼鸡骨头)、装茶叶的空袋子以及其他各种各样的杂物,它们混杂在一起,发出臭烘烘的气味。亨利忍不住往垃圾桶里瞥了瞥,想看看究竟是什么垃圾这么可怕。我的天哪!亨利心

想，真希望自己不要倒上十一年垃圾！他忽然很想知道在水槽下安装电动垃圾粉碎机要多少钱。

此前，亨利从没有过多关注过星期一，可是现在，他觉得星期一是一个非常重要的日子，因为这一天清洁工会过来将垃圾桶中的垃圾倒进垃圾车中

拉走。

星期一早晨,罗伯特和斯库特来到亨利家,看有没有什么事情可做。斯库特拼接起他自行车上的链条来;亨利攥着一根绳子的一端,小排骨则咬着另一端,他们搞起拔河比赛来;而罗伯特则坐在前门台阶上思考着什么。亨利听到远处传来垃圾桶的撞击声,他明白,这是清洁工倒垃圾发出的声音。

罗伯特先开口说话了:"去年,我们班里有一个女孩子,她的手指头能够前后自由活动。"

"那有什么了不起的!我也能!"斯库特夸口道,"你看看我的大拇指能往后面弯曲到什么程度!"

"我的大拇指能向后弯曲得更多一些!"亨利说道,同时他猛地将手中的绳子使劲儿一拉——另一端的小排骨更加兴奋了,它实在是太喜欢这样的拔河比赛了。

垃圾桶的倾倒声和碰撞声越来越响了,亨利心想,清洁工很快就要到自己家了。

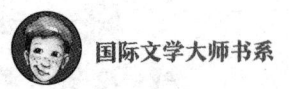 国际文学大师书系

"嗨,伙计们!你们的手指头都不算真正意义上的前后自由活动。"罗伯特说道,"我们班里的那个女孩子能够将她的手指头往手背方向弯曲过去,并且完全不需要用另外一只手向后压!"

垃圾车在哈金斯家与格鲁比家之间停下来。两个清洁工走下来,各自扛着一个大桶。一个清洁工沿着街道捡拾垃圾,另一个清洁工则沿着亨利家和邻居家之间的车道走。

几个孩子顿时忘掉了手指头的游戏。"哎!我真希望哪一天我也能像他们那么强壮!"罗伯特说。

亨利没有回答。他注意到,小排骨松开绳子,担心地望着房舍的后面。他听到了格鲁比家垃圾桶的撞击声。那个清洁工搬着格鲁比家装得满满的垃

圾桶走了过来,将垃圾桶中的垃圾倒进卡车中,然后又带着空垃圾桶走上车道。小排骨密切观察着他的每一个动作,然后,亨利听到清洁工打开自己家

垃圾桶盖子的声音。

小排骨低吼着,亨利焦虑地看着它。他以前从来没有听到过小排骨发出这样压抑着愤怒的声音,这还是第一次。突然,小排骨疯狂地咆哮起来,顺着车道跑到了房舍后面。亨利惊呆了,傻傻地坐在原地,看着小排骨疯狂地吠叫。小排骨!他简直不敢相信这就是小排骨!小排骨又闯祸了!

斯库特第一个动起来。"亨利,小排骨发现了什么不可思议的事情吗?"他沿着车道跑过去。

亨利也跑了起来。看到眼前这一幕,亨利惊得停下了脚步。小排骨正冲那个清洁工大声吠叫着,并不时跳起来想扑上去,清洁工举起空垃圾桶护着自己。

"小排骨!"亨利号叫道,"你停住!"

小排骨不但没有停下吠叫,反而步步紧逼,那个清洁工举着垃圾桶一步步往后退。亨利试着去抓住小排骨,清洁工举起空桶,飞快地往垃圾卡车跑去。他将垃圾桶扔到卡车后车斗的垃圾上,然后迅

速地钻进了驾驶室。亨利抓到小排骨的项圈时,它的两只前爪已经搭在了卡车的脚踏板上。

"你要把你的狗拴好!否则我们就不再拉你家的垃圾了!明白了吗?"那个清洁工愤怒地说道。此时小排骨仍然从喉咙深处发出低吼。

"它其实并不凶。"亨利紧紧地抓住小排骨的项圈。它感到呼吸困难,咳嗽起来。

"它还不凶?"清洁工说道,"以后我来你家附近时,你的狗必须得拴着!听明白没?"

"听明白了!先生!"亨利明白,因为小排骨刚才的表现,无论自己如何解释它是一只温顺的狗,对方都不会相信。

两个清洁工驾驶着垃圾车离开了,小排骨才停止吼叫。它看着亨利,摇着尾巴,似乎期待得到赞扬。亨利完全被搞晕了,好一会儿,他都没说一句话,然后才严厉地说道:"你看看你刚才的所作所为!你给我们都惹麻烦了,你知道吗?"亨利愤怒地冲小排骨喝道。爸爸之前交代过,必须确保小

排骨不再闯祸,否则自己就不能去钓鲑鱼,可是,今天小排骨攻击了清洁工!幸好它没有咬到清洁工……亨利越想越觉得害怕,他知道,咬人的狗是要被送去监禁起来的。

斯库特小心翼翼地待在离小排骨几英尺远的地方。"如果我是你的话,我不会和它靠得太近的。"他说道,"它看起来很凶猛。"

亨利悲伤地看着小排骨,小排骨仰面躺在地上,四肢向上伸着,很希望亨利能挠挠它的肚子。"你们看,它一点儿都不凶猛。"亨利很着急地辩解道,但他心里明白,斯库特肯定不会相信的。

"它刚才的行为你难道没看到吗?"斯库特反问道。

"可是它刚才一反常态。"罗伯特说道,"它是一只温顺的狗。"亨利发现罗伯特虽然在为小排骨辩护,但也小心翼翼地待在离小排骨很远的地方。

"哎——"斯库特说,"这就说不清了,有时

候,温顺的狗也会变得非常凶猛的。"

"我的狗不是这样的。"亨利极力为小排骨刚才的行为辩解。"也许小排骨很讨厌清洁工。"他兴奋地说道,"也许,清洁工让小排骨想到了兽医。"有一次,小排骨从很深的草丛中跑过时,狐尾草戳进了它的耳朵里,我们把它送到了兽医那里,兽医把狐尾草从它的耳朵中取了出来。可他在取狐尾草时,伤害到了小排骨,从那时起,我每次去理发的时候,小排骨就会坐在外面冲着理发师狂吠不止,因为理发师像那个兽医一样,穿着一件白色的大褂。

"我想,小排骨肯定以为理发师正在从你的耳朵里面往外取狐尾草!"斯库特揶揄道,"另外,清洁工没有穿白大褂,他穿着一身蓝色罩袍。"

亨利的解释刹那间便被斯库特推翻了,他只得沮丧地说道:"好吧,你说的话很有理。"自己怎么把清洁工跟兽医混为一谈呢?原本自己正坐在前门台阶上,自娱自乐,突然之间就陷入了麻烦之中,

国际文学大师书系

更糟糕的是,斯库特亲眼目睹了整个事件。很快,克利基塔特街上每一个人都会知道小排骨闯祸了。

尔后,亨利才意识到另外一个问题——垃圾。整整一个星期的垃圾依然还在后院的垃圾桶中,更糟糕的是,要再等上七天,清洁工才会再次来到这里。在这期间,从家里丢出来的垃圾该怎么处理才好?

这天晚上,爸爸妈妈在洗刷碗碟的时候,亨利正给小排骨切马肉。他拖延到此刻才告诉爸爸妈妈白天发生的事儿。

爸爸妈妈的表情看起来很严肃。"我不理解,"哈金斯夫人说道,"它一直都很温顺的。如果它真的开始变得凶猛了,或许我们应该把它拴起来。"

"不要!妈妈!"亨利抗议道,"它很讨厌被拴着,并且它会把绳子咬断的。"亨利不希望妈妈提议说买一条铁链子。如果小排骨被拴在后院的话,他的生活中就少了很多乐趣,即便是他骑着自

行车的时候。如果小排骨不在自行车后面慢跑着，或者坐在固定在自行车后挡板上的那个小箱子里的话，一切都会变得不一样。

"小排骨不喜欢清洁工，肯定是有原因的。"哈金斯先生说道，"我怀疑是不是清洁工什么时候踢过小排骨。"

"天哪！你真的这么认为？"亨利急切地问道。

"我肯定清洁工不会干这种事儿！"哈金斯夫人说道。

亨利很希望妈妈换个话题，不要再聊把小排骨拴在后院中的事。他从脚踏式垃圾箱中取出垃圾盒，往外面走去，然后他才想起，外面的垃圾桶已经满了。于是他问道："妈妈，我们该如何处理这些垃圾？"

"你自己看着办吧！使劲儿往下面压！"哈金斯夫人擦着杯子，叹了口气，"亨利，我不知道你是怎么卷入这些麻烦事里的。"

 国际文学大师书系

亨利将垃圾盒中的垃圾倒在那个堆满了垃圾的大垃圾桶中,然后试着将盖子盖上,他使劲儿将盖子往下压,可是盖子依然不能盖下去。现在,垃圾桶中的垃圾堆得高高的,因为这一次的垃圾中有很多剪掉的草——哈金斯先生修剪草坪时剪掉了很多草,并将这些草丢进了垃圾桶中。"都是因为你——"亨利冲正嗅着垃圾桶的小排骨怒吼道,"如果我不能去钓鱼的话,就是你造成的!"

亨利沮丧地盯着垃圾桶,小排骨坐在一旁逮身上的跳蚤。有一件事他非常确定,等自己长大后,如果有一个像自己这样的儿子的话,一定不让他去倒垃圾。

更加不幸的是,这一星期的天气非常暖和。星期二晚上,亨利和爸爸妈妈正在吃晚饭,一阵微风将餐厅窗户上的帘子拂动起来。"呃——"亨利嗅到了从外面飘来的一股垃圾的臭气。

"一点儿怪味儿,没什么大惊小怪的!"哈金斯先生站起身,关上了窗户。餐厅变得闷热起来。

亨利的爸爸妈妈擦洗碗碟时，厨房里变得更加闷热了。哈金斯夫人不得不几次放下擦碗碟的毛巾，去拍打苍蝇。

亨利默默地给小排骨喂食。他很害怕去垃圾桶那儿，可是他无法再拖延下去了。他拎起垃圾盒，往外面走去，小排骨紧跟在他身后。这一回，他每一次只倒出一点儿垃圾，倒了很多次，才将垃圾均匀地倒在垃圾桶的顶部。垃圾桶看起来太恐怖了！臭气熏天！

星期三，当亨利快快不乐地拿着垃圾从后门台阶上走下去时，他看到格鲁比先生正站在他家后门廊边。

当亨利将垃圾桶的盖子打开时，格鲁比先生看过来，说道："原来怪味儿是从那里散发出来的呀！"

亨利回答道："格鲁比先生，恐怕——"

"听说小排骨把清洁工罩袍的下摆都给撕破了。"格鲁比先生说道。

天哪！邻居们不仅知道了整个事件，还以讹传讹，亨利沮丧地想。下一步，人们肯定会说小排骨把清洁工的腿给咬伤了。亨利详细向格鲁比先生解释了事情的来龙去脉，然后格鲁比先生进屋，关上

了正对着哈金斯家的那几扇窗户。

亨利愈发沮丧起来。星期四，亨利倒完垃圾后，竭尽所能地将垃圾桶的盖子盖住，然后他从地上捡起一个从垃圾桶中滚落下来的苹果箱子，放入垃圾桶中，之后他小心翼翼地爬上去，使劲往下压，甚至在上面跳起来，也只压下去一点点。

星期五，亨利建议妈妈再买一个垃圾桶，可是妈妈并不看好这个建议，于是，亨利决定在吃晚饭之前把垃圾盒带出去倒掉——这样垃圾桶的垃圾会少一些。他将牛奶盒和胡萝卜缨尽可能均匀地倾倒在垃圾的顶上，然后他在垃圾桶的盖子上跳着。这时候罗伯特和斯库特沿着车道过来了，他们是来找亨利玩的。

"你这是在干什么呢？"罗伯特问道，他用一只眼睛斜视着小排骨，"呀！斯库特，你快看！你见过这么多垃圾吗？"

"嗬！"斯库特站在车道上，与小排骨保持着一定的距离，此时它正在草地上打滚儿。

"一点儿怪味儿有什么大惊小怪的!"亨利跳了下来,他自己可以咒骂这些垃圾,可是他不愿意听到别人咒骂。"走!我们去前面玩吧!"

"好吧,我们去——"斯库特附和道,"哈——"

亨利准备提议去公园玩,忽然又改变了主意,他要玩一些不让陌生人看到小排骨的游戏,于是他说道:"我们倒立走路,看谁走得远,好吗?"这个游戏可以让斯库特和罗伯特尽量少说话,不谈论他的麻烦事儿。

正当三个男孩儿头朝下脚朝上用两只手支撑着身体在草地上挪动时,他们听到后院中突然传来哗啦哗啦的声音和猛烈的碰撞声,于是他们赶忙站起来。

"像是垃圾桶发出的声音!"斯库特说道。

亨利顿时明白是哪里发出的声响,他飞也似的往垃圾桶边奔去,小排骨紧紧跟在他身后。斯库特和罗伯特也紧随其后。亨利看到,垃圾桶已经倒在

地面上，桶盖滚了老远，从台阶到樱花树，到处都是垃圾。垃圾当中站着一只柯利牧羊犬和另外一只大狗。柯利牧羊犬的嘴里衔着面包皮。

看到几个孩子跑来，柯利牧羊犬和那只大狗赶忙跑掉了。小排骨追了上去，亨利抓起一个空狗粮

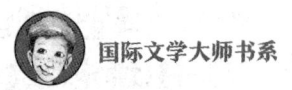

罐子冲着那两只狗砸过去,并大声咒骂。他打量着乱糟糟的垃圾,叹起气来,垃圾!他实在是不想再看到垃圾了!他用脚踢了一个蛋壳一下,又叹了一口气。这样的工作,一周给十五美分怎么够?一百美分也不够!一千美分也不够!甚至一百万美元也不够!

斯库特和罗伯特都吸着鼻子,然后斯库特发出表示讨厌的声音,罗伯特也跟着模仿。

"住口!"亨利冲着两个伙伴吼道,然后将垃圾桶扶起来,里面尚有一半的垃圾没倒出来。他四下里打量了一番,又叹了一口气。

"哎,我想我现在该走了——"斯库特说道,"我妈妈让我去买些东西呢,我刚刚想起这件事。"

"我也得走了。"罗伯特说道,"再见了!亨利!"

这些朋友!亨利心想,然后他开始工作了。他正忙着将咖啡渣和发了霉的豌豆壳铲起时,听到了

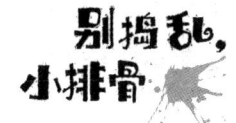

爸爸的汽车拐到车道上传来的声音。

哈金斯先生打量了一番,问道:"是狗弄翻的?"

"是街上的那只柯利牧羊犬和另外一只大狗弄翻的。"亨利回答道。

哈金斯先生没再说什么,他从车库中拿出来一把大铁锹,开始铲起垃圾来。

"呃——爸爸——"亨利说道,"那个清洁工算不算邻居?他抱怨小排骨,是不是就意味着我不能和你去钓鱼了?"

"到了下星期一再决定!"爸爸回答道,"也许我们能够找到小排骨冲清洁工狂吠不止的原因。"

星期六,亨利根本就没有去倒垃圾。既然爸爸妈妈都没有提醒自己去倒垃圾,那今天就不用去倒了吧!他猜想爸爸妈妈已经懒得再提垃圾的事了。

星期天下午,罗伯特和斯库特过来看有没有发生什么新鲜事。

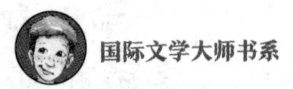

"不要再提垃圾的事了!"亨利说道,然后,他看到比苏斯和她的妹妹雷梦拉顺着车道走了过来。比苏斯的真名叫贝亚特丽斯,但是雷梦拉喊她比苏斯,因此其他人也都跟着称呼她比苏斯。"下午好啊!"亨利很高兴地冲着姐妹俩打招呼。

"你好啊!亨利!清洁工把你的垃圾运走了吗?"比苏斯问道。

"他明天就运走了。"亨利冷淡地说道。消息怎么传得这么快?

"雷梦拉!小心!"比苏斯尖声喊道,她猛冲到妹妹身边。雷梦拉正用双手紧紧地抓着小排骨的尾巴,使劲儿拽它。"它会咬你的!"比苏斯提醒道。

"它咬了清洁工!"

"它没有咬清洁工!"亨利大声辩解道,"你凭什么说它咬了清洁工?"

小排骨扭过头看着雷梦拉。"汪汪!"它温和地叫了两声,耐心地等待,比苏斯急忙将雷梦拉的

手指从小排骨的尾巴上抠开。

"雷梦拉拽它的尾巴,它都没有咬雷梦拉!不是吗?"亨利愤怒地说道。

"是呀!"比苏斯疑惑地看着小排骨,"可是有人告诉我妈妈说它咬伤了清洁工。"

"我的老天爷啊!"亨利非常震惊,真是

够了。

"当然了，如果当时它真的扑到清洁工身上的话，真不知道会发生什么！"斯库特说道。

"请安静！"亨利瞪着斯库特，"清洁工一定踢过小排骨，或者对小排骨做过什么事情。你们看它，它像是一只凶猛的狗吗？"

比苏斯和几个孩子都看着小排骨。它趴在草地上，看起来非常有耐心，雷梦拉正骑在它身上，抓着它的耳朵。小排骨看着亨利，似乎在说："请她离开我，好吗？"

"它看起来一点儿都不凶猛。"比苏斯将妹妹拉开，承认道，"小排骨似乎知道雷梦拉是个不懂事的孩子。"

亨利心里也认为雷梦拉是个不懂事的孩子，他扭过脸看着斯库特，问道："你现在满意了吗？"

"呃——"让斯库特满意并不容易。

亨利试着寻找其他的话题。"斯库特——"他说道，"我想让你看一看我的自行车喇叭。最近它

的声音听起来非常有趣。"

"哎——"斯库特急切地说道,如果说现在还有什么事情能让亨利高兴的话,那就是摆弄自行车了,"你的自行车在哪里呢?"

"在车库里。"亨利回答道,然后他带着斯库特,沿着车道往车库走去。

斯库特握紧自行车的车把,骑着自行车往车库骑去,小排骨的喉咙中开始发出压抑着愤怒的声音来,它脖子上的毛发竖立起来,走向斯库特。

每一个人都紧盯着小排骨。斯库特赶忙将自行车丢在车道上,撒腿就跑,小排骨停止了低吼,它走到亨利身边,摇摆着尾巴,等待着表扬。

"嗨!你们看到了吗?"亨利大声问道。

"我当然看到了!"斯库特说道,"它非常凶猛。"

"它不凶猛,它是在保护我的自行车!"亨利变得越来越激动,"它一点儿也不凶猛。它不过是为了保护我的自行车而已。"

斯库特似乎不太相信。"你们刚才都看到了吧?"亨利继续说道,"这很清楚地解释了之前是怎么回事,小排骨认为垃圾是属于我的,所以清洁工在搬运垃圾的时候,它就冲着清洁工狂吠不止!"

"它是一只看门狗!"比苏斯赞同道。

"当然了!"亨利急切地插话道,"只有很聪明的狗才能成为看门狗。"

罗伯特和斯库特同时大笑起来。"还有这样的看门狗?"斯库特嘲笑道。

"看守垃圾的看门狗!我还是第一次听说。"罗伯特笑得更厉害了。

"看来你的垃圾非常值钱啊!"斯库特哈哈大笑着说道。

"嗯嗯——珍贵的垃圾。"罗伯特重复道。

"住口!"亨利羞怯地喊道,然后,他也笑了起来,这确实很好笑,并且也证明了小排骨不是一只凶猛的狗,他一下子释然了。他的钓鱼计划不会

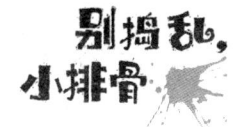

受到影响！

罗伯特和斯库特大笑着并捶打起对方的脊背来。小排骨意识到他们都在嘲笑自己，便低下头，溜到亨利身边。亨利伸出手抱住它，继续笑着。

"嗨，伙计们！"斯库特笑着说道，"我猜测，一年之后，亨利家的后院应该堆满了垃圾，有十英尺高！"

"嗯嗯，应该是堆满了亨利的宝贝！"罗伯特说完，大家笑得更厉害了。

亨利先停住了笑。后院中的垃圾堆得有十英尺高，这情景太可怕了！

哈金斯先生出现在厨房门口，问道："发生了什么事？"他走了出来，和孩子们一起站在车道上听完事情的原委之后，他也哈哈大笑起来。他冲小排骨打了几个响指，小排骨便蹦跳着跑到他身边。他拍了拍它的肚子，说道："你太棒了！"小排骨高兴地扭动起身子来。

亨利的朋友们知道，晚饭的时间快到了，于是

国际文学大师书系

他们就离开了亨利家。"如果明天你自己把自行车从车库推出来的话,我就明天再来看你的喇叭。"斯库特临别时对亨利说。

"看守好你的垃圾呀!"罗伯特说道。

"嗯,我会看好的。"亨利说道,然后再次笑了起来。所有朋友都走了之后,亨利转向爸爸问道:"爸爸,垃圾该怎么办呢?"

"怎么办呢?"爸爸问道。

"以前妈妈去倒垃圾的时候,小排骨并没有冲着清洁工狂吠不止,我在想——"亨利停下来,看了看爸爸。

哈金斯先生笑了起来:"你在想什么?"

"我在想,你能不能安排一些其他可以挣十五美分的工作给我做?以后不再让我倒垃圾了?"

哈金斯先生思考了一会儿,说道:"好吧!以后我自己倒垃圾吧。你呢——以后每个星期,我剪完草坪上的草后,你修理一下草坪的边缘!"

亨利思考了好一会儿,修理草坪的边缘要比倒垃圾辛苦得多了，必须得跪在地上，双手并用，辛苦上整整一个小时！可是，自己别无选择，也为了小排骨不再惹麻烦，他说道："好！那就成交！"

"好！一言为定！"哈金斯先生说道，"不过，为了保险起见，以后每次听到清洁工到来的声音时，我们最好将小排骨带到地下室去。"

"没问题！在地下室待一会儿，它不会介意的。"亨利说着用拳头狠狠地击打了一下垃圾桶，然后跟着爸爸进屋了。

第三章
亨利理发

亨利在冰箱中寻找着能吃的东西——既不太硬又不难嚼的东西。因为他有两颗牙齿松动了,他用舌头顶一顶,它们就晃起来。这两颗牙齿都是上牙,分别位于四颗前牙齿的两侧,这四颗前牙已经是恒牙了。亨利希望这两颗牙齿能再保留几天,这样的话,他就能在开学的第一天向同学们炫耀。

小排骨将爪子搭在了冰箱的门上。"棒极了!你最近没有再惹什么麻烦。"亨利说着将一块马肉

扔给了小排骨。

亨利先用舌头顶了顶右边的那颗牙齿，又用舌头顶了顶左边的那颗牙齿，在心里嘀咕道，花生酱太黏了，我还是吃面包和杏仁菠萝酱好了。

亨利伸手取杏仁菠萝酱瓶子时，听到妈妈从前门走进来的声音。"嗨！妈妈！"他打了个招呼。

"嗨！"妈妈回答道，然后走进了厨房，她怀中抱着几个袋子，"你猜我带回了什么？"

"什么？"亨利问道。他又用舌头顶了顶右边的那颗上牙，再顶了顶左边的那颗上牙，然后从面包盒中取出一片面包。

哈金斯夫人将袋子放到排水板上，说道："电推子！巨龙杂货店正在搞促销。一个只需要六美元九十五美分，原价是九美元九十五美分。"

"剃什么用的推子？"亨利一边往面包上涂黄油，一边问道。他又用舌头顶了顶左边的那颗上牙。嗯——它比右边的那颗稍微松动一点儿。

"当然是理发用的电推子。"妈妈回答道。

亨利停了下来，疑惑地问道："给谁理发？"

"给你！就现在！"哈金斯夫人说道，"我相信，我稍微练习一会儿，就能像理发师一样熟练！想一想理发得花多少钱，再算一下我们能节省下多少钱。"

"妈妈！"亨利用哭腔喊道，一只手抓住了头发。他不想节省钱，他想把头发给省下来。"你也要剃爸爸的头发吗？"

哈金斯夫人一边拆包装，一边哈哈大笑："你爸爸的头发太宝贵了！他脑门上的头发都快掉光了。他的头发可不能再剃了。"

"我的头发也非常宝贵。"亨利说道，他一时竟不觉得饿了。他将面包和黄油都递给了小排骨，看着小排骨吞下去，然后，他沮丧地靠在冰箱上，用舌头顶了顶右边的那颗上牙，又顶了顶左边的那颗上牙。天哪！我该如何是好？

哈金斯夫人从抽屉中取出一张罩布，问道："亨利，你为什么在做鬼脸？"

"我不是在做鬼脸。"亨利说道,"我是在舔我松动的牙齿。"

"哪几颗牙齿松了?"哈金斯夫人问道。

也许妈妈会忘掉理发的事儿,亨利心想,他走到妈妈面前,咧开嘴露出牙齿。"三——三——第三颗——"他口齿不清地说道,还不忘用舌头顶了顶这两颗牙齿。

"它们叫作犬齿!"哈金斯夫人说道。

"犬齿?"亨利反问道,他很高兴妈妈的注意力被转移到牙齿上来,"可是我以为,狗才有犬齿。"

"你的也叫犬齿。"妈妈回答道,"这两颗尖牙之所以叫作犬齿,是因为它们非常尖,像狗的牙齿一样。"

"天哪!我的牙齿像狗牙?"亨利说道。他露出牙齿,冲着小排骨汪汪叫了两声。

哈金斯夫人兴奋地说道:"亨利,请你不要转换话题。现在坐在椅子上,将这张罩布围在你的脖

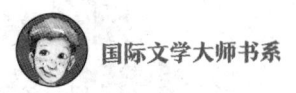
国际文学大师书系

子上，我马上开始工作。"

"现在就开始？"亨利哀怨地问道。

"嗯，现在就开始。"哈金斯夫人说道，"你脖子后面的头发乱蓬蓬的，像疯长的野草似的。"

"妈妈——"亨利几乎要哭喊起来，"我不想让你给我理发。"

"别担心！"妈妈信心满满地说道，"回家的路上，我刻意停下来，在一家理发店观摩了很久，我知道该怎么理了。"

"你认为爸爸会让你给我理发吗？"亨利问道。

"当然了。"哈金斯夫人说道，"在买电推子之前，我先给他打了个电话，征求了他的意见。他认为这个主意非常好。"

我原本就应该想到他俩是串通好了的！亨利悲哀地想。然后，他靠在椅子上往下滑落。对了！怎么电话不响呢？或者发生其他的事情？

哈金斯夫人将电推子的插头插入墙上的插座，

然后打开开关。电推子响起来,亨利吓得又往下滑落。小排骨夹紧尾巴,匆匆离开了厨房。亨利感觉到妈妈用一只手摁在他头上,电推子在他脖子后发出咔咔的声音,接着电推子碰到了他的头皮。

"啊!"亨利惊叫了一声,迅速将头往前移过去,"太凉了!"

"亨利,我还没有开始呢!"妈妈说道。

亨利哆嗦了几下。电推子紧贴着他的脖子往上面移动。"妈妈!"亨利抗议道,"太短了吧!"

"电推子的速度确实太快了。"哈金斯夫人的语气第一次充满了疑惑。

电推子再次在亨利的脖子后面咔咔响起来,并且往上面移动。

"往这儿!"哈金斯夫人说道,"刚才电推子离头皮有点儿远。"

"可是长短必须得一样长才行。"亨利说道。

"这里我得稍微将电推子往下摁一点儿。"哈金斯夫人说道。

国际文学大师书系

电推子被猛地往下摁了一下,接着,脑后咔咔又响了起来。待会儿伙伴们看到我的新发型会是什么表情呢?亨利沮丧地琢磨着。

"嗨!你们在干吗呢?"爸爸的声音传了过来,他进门时,亨利和妈妈都没有听到他的声音,因为电推子的声音太大了。

"爸爸!你看看妈妈理得怎么样?"亨利用哭腔问道。

"呃——"哈金斯先生说道,"你的头像是狗啃过似的!"

哈金斯夫人笑了起来,可是亨利却一点儿都不觉得好笑。谁希望自己的头发看起来像是狗啃过的?他又往下缩了一下身子,愁眉苦脸地望着厨房的墙壁。

"坐好!让我试一试。"哈金斯先生提议道,"我应该知道怎么理,毕竟我经常看理发师理我的头发。"电推子在哈金斯先生的手中咔咔响起来。

亨利坐起来了一点点。也许爸爸的手艺要比妈

国际文学大师书系

妈好!他感觉到右耳被摁了下去,接着听到电推子在这一侧咔咔响起来。

"晕!"哈金斯先生说道。

"爸爸,晕是什么意思?"亨利急忙问道。

爸爸没回答,他将一只手放在亨利的下巴上,然后将他的头往后面扳过去,接着,他看了看右边,又看了看左边。他用手摁住亨利的左耳,电推子在亨利的左侧脑袋上咔咔响起来,然后,爸爸往后退了一步,查看着,自言自语道:"不算太坏。"

亨利呻吟了一声。

"头顶怎么办呢?"爸爸问道,"把它剃掉吗?"

"爸爸!"亨利大叫道。

哈金斯夫人咯咯笑起来。亨利锁紧了眉头。

哈金斯先生用木梳将亨利头顶上的头发梳起来,然后开始用电推子剃木梳齿面上的头发。"剃好它并不容易啊!"哈金斯先生说道,"你头顶上的头发怎么都往这个方向长?"然后他又梳起一簇头发,剃掉齿面上露出的头发,就这样反反复复地剃。"差不多了吧?"最后哈金斯先生说道,然后关掉了电推子。

亨利的爸爸妈妈都沉默了。

"我要看一看!"亨利甩掉罩布,跑到卧室的镜子前。他瞪大了眼睛,惊讶得一句话也说不出来。他左边的头发比右边的头发短!两边的头发看起来都是一簇一簇的,头顶上坑坑洼洼的。亨利伸出两只手摸了摸后脑勺——他不用看镜子,就能明白爸爸所说的"狗啃"是什么意思了。这个样子还怎么出门呢?他得在家里待上几个星期,甚至几个月,头发才能长长一些。

哈金斯夫人走进亨利的卧室,将手放在他的肩膀上,说道:"亨利,非常抱歉!我原以为我的手艺还不错。不过我相信,几天之后看起来就正常了。"

"别担心,儿子!"哈金斯先生说道,"要

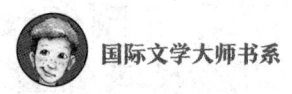

不了几天,头发就长长了。下一次我们会剃得更好的!"

"下一次?"亨利看着镜子里的自己惊叫道,"这个样子我没办法去上学了。我必须得待在家里才行。我的算术课肯定要落下了,民族舞我还没学会呢,并且——"

"亨利!"妈妈插话道,"没有那么严重!要不了几天就长长了。"

"可是星期一肯定是长不长的,这一天我们就上学了。"

爸爸妈妈离开了卧室,亨利扑倒在床上,不停地用拳头击打着枕头。他必须得想个办法解决这个问题。他一定要找到办法才行!也许自己应该买一顶假发,或者干脆剃成光头得了!他非常确定,自己现在这个样子是没脸去见伙伴们的,特别是斯库特。有一些头发茬儿落在了他的脊背上,他感到非常痒。他一边伸手挠着,一边继续思考着。

尔后,他坐起身,从抽屉中取出了那顶丹尼

尔牌熊皮帽子。他将帽子戴在头上，对着镜子观察了一番。不行！这样子还不行！下面有很多头发都露出来了！他将熊皮帽子放回抽屉，又取出一个水手帽。不行！水手帽也不行！等一下！他突然有一个想法，将帽檐拉了下去。太棒了！他又仔细地将一整圈的帽檐都拉下来，每一处的头发都被盖住了，可是眉毛也被盖住了！管不了那么多了！就这样吧！

亨利看了看镜子中的自己，然后用舌头顶了顶右边的那颗上牙，又顶了顶左边的那颗上牙，这才感觉好受了一些。也许他应该买一些药物涂抹在头皮上，刺激头发的生长——广告就是这么说的。

小排骨在前门轻声呜呜着，亨利打开门让小排骨出去，然后他沉思了一会儿，也跟着出去了。虽然自己的头发滑稽极了，可是他得时刻盯着小排骨，确保钓鱼之行万无一失！

亨利在前门台阶上坐下来，一只胳膊环抱着小排骨的脖子，下巴支在小排骨的耳朵上。他突然

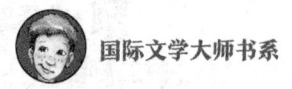

发现小排骨耳朵处的毛发非常光滑，而其他地方的非常粗糙。小排骨身上的气味也非常好闻，这真是一只非常棒的狗狗！他抓了抓小排骨右耳的后面。啪——啪——啪——小排骨的尾巴在台阶上拍打着。

然后，小排骨小跑着进入灌木丛中，叼着它的绳子回来，丢在亨利的脚边。它看着亨利，摇摆起尾巴来。

"伙计！你又想玩拔河比赛了？"亨利将绳子的一端往远处抛去，小排骨跑过去叼起这一端，假装着咆哮起来。亨利将绳子往自己身边拉，小排骨将绳子往另一边拉。双方越拉越用力。

"小排骨！你真棒！"亨利说道，"并不是每只狗都会玩拔河比赛。"

斯库特骑着自行车，顺着克利基塔特街过来时，亨利和小排骨正玩得津津有味。亨利还看到罗伯特坐在他的自行车后座上。亨利想躲回家中，可是晚了，两个伙伴已经看到了他。

斯库特在亨利的面前停了下来，问道："嗨！

你干吗戴个水手帽呢?"

"与你无关!"亨利答道。

斯库特和罗伯特从自行车上跳下来,来到亨利坐着的台阶前。亨利机警地看着斯库特,提防着他突然抓走自己的帽子。

"我敢打赌,你的头发掉光了。"斯库特说,"你现在肯定是个秃子!"

"我的头发没有掉!"亨利说道。

"那你为什么——"罗伯特问道。

亨利转换了话题,便打断了他,"我有两颗牙齿松动了,三——三——第三颗——它们是犬齿,也就是像狗的牙齿一样的牙齿。"

"哦,我的很久之前就掉了。"斯库特说。

"这当然了。"亨利说道,"你年龄比我大。"

"我帮你把牙齿给拔掉,好吗?"斯库特提议道。

"不!让我拔!"罗伯特恳求道。

 国际文学大师书系

"不行!"亨利暗自得意起来,他成功地转移了他们的注意力。

"哎,你过来,亨利。"斯库特诱哄道,"我给你一枚中国的铜币,中间有一个孔。"

亨利摇了摇头,他希望他们能继续谈论牙齿的

事情,直至妈妈喊自己去吃饭。

"亨利!请让我拨好吗?"罗伯特说道,"我让你用易拉罐给我的电轨做一个隧道。"

亨利没吭声。他又舔了舔牙齿,但目光依然注视着斯库特。

"请安静!"斯库特对罗伯特说道,"我先提出来的!"

"我和他的关系更好一些!"罗伯特说道,"我和他同岁,我们又在同一个班级里。"

亨利舔了舔牙齿,任由两个伙伴争吵。正在这时,玛丽·简、比苏斯和雷梦拉走了过来。她们刚刚去过商店,因为玛丽拿着一个蛋黄酱罐子,比苏斯拿着一盒牛奶,雷梦拉则拿着一块黄油,就算黄油从她手上掉下去,也不至于摔坏。

"亨利有两颗牙齿松了。"罗伯特对三个女孩说道。

"让我看一看!"比苏斯急切地说道。

"其实也没什么。"亨利谦虚地说道,然后露

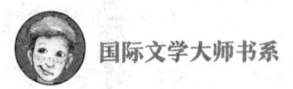

出几颗上牙。他舔了舔右边的上牙,又舔了舔左边的上牙,几个女孩羡慕地观察起来。如果他们一直都忙着观察自己的牙齿的话,也许就不会再提及帽子的事情了。

"你在牙齿上系上细线的话,我就帮你拔下来。"比苏斯说道。

"哎!我先提出来的!"斯库特提醒道。

"不行!"亨利说道。

"亨利,最好还是由你自己来拔吧!"玛丽说,"我的牙医说如果已经松动的牙齿保留太久的话,新长出的牙齿可能是弯曲的。"

亨利抓了抓脖子的后面,他原本是想挠脑门的。他在想该如何回答玛丽。"不行!"亨利回答道,还是继续让他们几个争论下去吧,"我要继续保留它们。"

"如果你将细线系在牙齿上,将细线的另一头系在门把手上,然后砰的一声把门关上,它们就会掉下来,并且你不会受伤。"比苏斯说道。

"他可以一次吃很多黏黏的糖果，肯定能把那两颗牙给弄掉。"玛丽建议道。

"那不好玩！"斯库特反对道，"并且他有可能会把牙齿给吞进肚子里。"

"每颗牙齿上都系一根细线，细线的另一头各系一块石头，然后将石头扔进河里面。"罗伯特自鸣得意地建议道。

"我有更好的办法！"斯库特说道，"还可以沿着铁轨走到高架上之后，将石头扔下去，两颗牙齿就被拔掉了！"

"我还有一个办法。"罗伯特说道，"将细线的另一头系在灭火泵上，等灭火泵转动起来之后，嗖！他的牙齿就从嘴巴中飞走了！"

"将细线的另一头系在高空探测火箭上，然后启动火箭！噗！两颗牙齿直插云霄！"斯库特显然认为自己的想法非常有创意。

"你太愚蠢了。"玛丽说道，"独立纪念日已经过去了。"

"是我的牙齿还是你们的牙齿?"亨利问道,然后他停顿了一下,看了一眼斯库特,以防他偷袭自己,然后接着说道,"我可不想永远失去它们。我要把它们放在我的枕头下面,第二天早上,它们就变成硬币了。另外,我会想到办法自己拔掉它们的。"

"你怎么拔?"所有人都异口同声地问道。

"你们等一下。"亨利说道,"我有一个好办法,一个人类历史上史无前例的好办法。"刚说完,他就觉得不该这么说。他已经夸下海口了,必须得想出一个好办法才行。他伸手抓了抓脊背——这儿的头发茬儿让他感到很痒。他很希望妈妈赶过来喊他回去吃饭。

"你在抓什么呢?"斯库特问道,还不忘瞄了一眼他的帽子。

"背痒。"亨利淡淡地答道。

"雷梦拉!"比苏斯突然尖叫道,"看你都干了什么!"

雷梦拉正在吃黄油，她用脏兮兮的小手托着已经被打开的黄油。小排骨刚才偷偷地舔了油腻腻的包装纸，为了帮助雷梦拉吃掉这块黄油，它走得更近了。

"小排骨！"亨利大叫着抓住了它的项圈，他可不允许小排骨舔雷梦拉的黄油，如果被比苏斯的妈妈知道了的话，她肯定要抱怨的。比苏斯的家人可能会吃被雷梦拉舔过的黄油，但是他们绝不可能去吃被小排骨舔过的黄油，虽然小排骨是一只非常干净的狗。

小排骨依然将头往黄油那儿伸去，亨利不得已用双手去抓它的项圈。小排骨喘不过气来，挣扎着想抬起前爪。

"别动！"亨利命令道，"你还想给我惹麻烦吗？"

"雷梦拉！你就等着妈妈批评你吧！"比苏斯训斥道，同时她用手抓紧了妹妹油腻腻的小手，"你看你的手！又脏又油腻。"

亨利用眼睛的余光瞥到斯库特举起了手。亨利松开了小排骨,它嗖的一声往前蹿去,亨利用双手去捂脑袋,但已经晚了,斯库特已经把他的水手帽给抓走了。

"把帽子还给我！"亨利大喊道，他一只手捂着头顶，另一只手去夺帽子。

"你来抢啊！你来抢啊！"斯库特闪到一边，大笑着说道，"伙伴们，快看他的头发！"

"小排骨！"比苏斯尖叫道。

"我抓住它了！"罗伯特说着抓住了小排骨的项圈。

"亨利，你这是怎么回事？"玛丽惊讶地问道，"你的头发像是被狗啃过似的。"

"哈哈！"罗伯特紧紧抓着小排骨的项圈，说道，"新发型真不错！"

"斯库特，快把帽子还给我！"亨利去抢，但斯库特跑到了更远处。

"到底是怎么回事？"罗伯特问道，"这是你自己剃的吗？"

"请安静！"亨利说道。

"确实是像被什么啃过一样！"斯库特停下来笑着说道，"你们见过这么时髦的发型吗？"

比苏斯一边忙着包起剩余的黄油，一边不时地去看亨利。"我明白了，他的头发是他妈妈给剃的。你们知道我为什么知道吗？因为以前我妈妈也给我剪过头发，可是刘海儿她始终都弄不直。"

"是这样吗？"斯库特问道，还用手指旋转起亨利的帽子来。

亨利用脚踢了踢青草，他难受得说不出话来。

"伙计，其实这个发型跟你蛮配的。"斯库特笑弯了腰，"你们看，后面一簇一簇的，头顶凹凸不平，耳朵边又很长。"

"我妈妈从来没有给我理过发，我真幸运。"罗伯特说道，"如果我的头发变成这样，我可不会出门。"

"等开学后，看同学们怎么看你。"斯库特说道，"我真为你担心。"

"确实太恐怖了！"比苏斯说道，她依然紧紧拉着雷梦拉的手，"我猜给女孩子剪头发要更容易一些。"

亨利实在无话可说,他明白,自己的头发确实非常难看。

终于,哈金斯夫人来到了门廊处,她喊道:"亨利,晚饭准备好了!"

斯库特将水手帽扔给了亨利,亨利接住了它。"小排骨,回家!"亨利喊了一声,便踏上了前门的台阶。"你看看你,你又给我带来多大的麻烦!如果不是因为你,我的帽子能被斯库特抢走吗?"

小排骨耷拉着耳朵和尾巴,跟着亨利,进了屋。

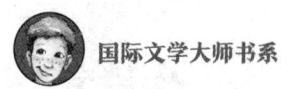

第四章
两颗犬齿

这天晚上,亨利戴着水手帽来到餐桌边。他注意到妈妈先看了看他,又看了看爸爸,似乎想说什么,但又止住了,然后叹了口气。

"你一脸的愁容啊。"爸爸往亨利的餐盘中夹菜时说道。

"嗯。"亨利说道,"别给我夹太多,我不怎么饿。"亨利小心翼翼地用没有松动的门牙嚼着食物。他可不想磕掉那两颗犬齿,他要留着它们向取

笑自己头发的人炫耀。

"我猜想是那帮孩子取笑他的头发了。"哈金斯夫人说道。

"要不我们去理发店一趟,看看理发师能不能挽救?"爸爸问道,"剃个小平头得了。"

"再怎么挽救也于事无补的。"亨利用舌头舔了舔右边的那颗牙齿,又舔了舔左边的那颗牙齿。

"我在想——"哈金斯夫人再次欲言又止。

"在想什么?"哈金斯先生问道。

"没什么。我只不过是在想——"哈金斯夫人突然冲着亨利笑了起来。

亨利又用舌头舔了舔两颗牙齿,他很想知道妈妈在想什么。他希望不是像理发这样的恐怖事件。

"说真的,亨利——"妈妈说道,"你不应该带着两颗晃个不停的牙齿到处乱逛。"

"妈妈,它们没有晃个不停。"亨利说道,"仅仅是松动了而已。"

"我记得书上说,如果把脱落的牙齿放在枕

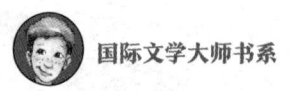

头下面的话，第二天它们会变成硬币的。不过我想它们应该变成钞票才好，现在生活成本越来越高了。"哈金斯先生说道。

亨利咧开嘴笑了笑。他明白，爸爸小时候肯定把他脱落的牙齿放在了枕头下面。可是现在亨利需要的不是钞票，而是两颗松动的牙齿。

第二天早晨，亨利对着镜子仔细看了看自己的头发。他并没有发现头发长长的蛛丝马迹，于是他把水手帽戴在了头上，在家中踱来踱去。他用彩色粉笔在一个电灯泡上画了一张鬼脸，可是他发现电灯泡没有之前那么亮了，于是他更加沮丧了。他站在窗户边，将鼻子紧紧贴在玻璃上，许久之后，他听到小排骨在抓门，才转身走到门口。

他跟着小排骨一起出了门，然后在前门台阶上坐下来。他不想让小排骨再去远处玩了，否则，他的钓鱼计划很可能会泡汤。他紧盯着小排骨，然后又不由自主地用舌头舔起那两颗牙齿来，它们松动得更加厉害了。他发现，自己能将这两颗牙齿顶到

嘴巴外面,像小象牙一样。

亨利反反复复地用舌头顶牙齿,不经意地往克利基塔特街上看了一眼。他惊讶得一下子站起了身。他看到斯库特和罗伯特正往自己这边走来,并且他俩都戴着水手帽,帽檐往下拉得很低,盖住了眉毛!

亨利心想:你们怎么能这样呢?故意戴着水手帽取笑我!你们真是可恶至极!不过我不会给你们机会的!"小排骨,快回家。"亨利说道,"在他们看到我们之前赶紧回去!"

可是小排骨并不想回家,它正忙着嗅格鲁比家的蔷薇丛。

"可恶的小排骨!"亨利低声骂道,他做好了被斯库特他们俩撞见的准备。斯库特和罗伯特肩并肩地走了过来。他们似乎没有看到亨利,两眼平视前方,径直从亨利家门前走过。

亨利的目光跟随着他们,他们这是怎么了?我对他们做过了什么呢?突然,亨利想到了什么。

 国际文学大师书系

会不会？不至于吧？绝对是这样！亨利突然觉得自己不再是唯一一个头发被狗啃过的男孩了！

"嗨——"亨利喊道。

斯库特和罗伯特继续往前走去。

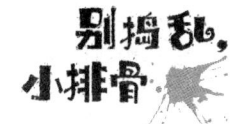

他们为什么装作没听到呢？如果他们的头发真的也被妈妈剃了的话，那也不是我的错啊！亨利决定揭开谜底。如果自己不再是唯一一个头发被狗啃过的男孩，就不算太糟糕！"伙计们！你们好！"亨利再次大声呼喊起来，舌头不自主地碰到了一颗犬齿。他用更大的声音喊道："你们想看我拔牙吗？"

两人犹豫了一下，然后停下来，转过身。

"我想到了一个拔牙的好方法。"亨利说道，与此同时，他努力思考各种独特的拔牙方法。

"怎么拔？"斯库特问道，然后他和罗伯特往台阶走来。

"待会儿你们就知道了。"亨利的口气听起来有点儿底气不足。我该怎么拔牙呢？他继续快速思考着。为了拖延时间，他将手伸进口袋中，取出一根细线。

"对了，你俩怎么都戴着帽子呢？"亨利问道。

"罗伯特,你过来。"斯库特说道,"他说他要拔牙,可是我觉得他根本就没这个打算。"

"我确实准备拔掉它们。"亨利心想,绝不能让他俩溜走。他小心翼翼地将细线拉伸开来,装作很随意的口吻问道:"你们也剃头了吗?"

"肯定了!"斯库特说道,"还不都是因为你。"

"都是因为我?什么意思?"亨利问道,"我做了什么了?"

"你自己明白。"斯库特气呼呼地说道。

"你倒明知故问,你可真够狡猾。"

"简直是坏透了!"罗伯特说道。

"什么明知故问?"亨利问道,"你们在说什么?"

"你妈妈给我们的妈妈打电话了,说电推子促销的事情,就这么简单。"斯库特说道,"你妈妈按照你的请求打的电话,我们的妈妈去巨龙杂货店买了电推子。"

"我妈妈?"亨利一脸茫然,"我妈妈给你们的妈妈打电话?"

"是呀,难道你不知道吗?"罗伯特问道。

"我真的不知道,我发誓!"亨利说道。莫非这就是昨晚吃饭时妈妈在思考着的事情?管它是不是呢,结果已经是这样了!亨利想笑出声,但他没敢,因为斯库特正愤怒地盯着他。

"明白了吗?"罗伯特对斯库特说道,"我早就跟你说过了,这肯定不是亨利的主意。亨利没这么聪明的,你却认为他有!"

亨利似乎被惹怒了:"你们是我的朋友,却认为我会干出那么卑鄙的事。"

"也许真的不是你的主意。"斯库特很勉强地说道,"可是我敢打赌,你并没有想到拔掉牙齿的方法。"

"我想到了。"亨利说道,为了缓解尴尬,他慢腾腾地将细线的一头系在了右边的那颗犬齿上,然后他又慢腾腾地将细线的另一头系在了左边的那

颗犬齿上,同时他还思考着拖延时间的办法。"让我看看你们的头发好吗?"亨利提议道,他很想知道他俩的头发是不是比自己的更糟糕。

"你继续!我们要看你拔牙呢!"斯库特说道。

"我需要更多的细线。"亨利解释道,"如果没有人给我更多的细线的话,我就无法拔掉犬齿。"

罗伯特和斯库特掏了掏口袋。

"我没有。"罗伯特说道。

"我也没有!"斯库特说道,"你其实是在拖延时间。"

"我没有拖延时间。"亨利想,是不是应该建议他们到后院去,也许他可以爬到樱花树上,将两颗犬齿之间的细线挂在哪根树枝上,然后自己从树上跳下去。这不算是个好主意,可是也只能这样做了。

亨利喊来小排骨,它将鼻子从前爪上抬起来的

那一刻，亨利突然有了灵感。是呀？自己之前怎么就没有想到呢？他只需要小排骨小小配合他一下而已，这一次，他意识到，小排骨终于要在正确的时间做正确的事情了！

亨利捡起小排骨拔河的绳子，将绳子一头系在了两颗犬齿之间的那根细线的正中间，然后将另一头往草地上扔去。"小排骨！那里！"亨利喊道。

小排骨睁开一只眼，看了看亨利，又睁开另外一只眼，接着，它起身跑到了草地上。"汪汪！"小排骨叫了两声。

亨利做好了准备，以防犬齿被拔出时自己会受伤。小排骨咬紧了绳子的另一头，喉咙深处发出轻轻的呜呜声，然后往后一拉。亨利的犬齿嗖地一下就从嘴巴中飞了出去，他几乎没有感觉到！

亨利用手捂着嘴巴，紧紧地盯着草地上的两颗犬齿。它们这么轻易就掉了，让他几乎不敢相信这是真的。他用舌尖去舔右边的空穴，又用舌尖去舔左边的空穴。它们全都脱落了！"这个拔牙办法怎

么样？"亨利问道，"它们是犬齿，因此我认为，应当让我的狗狗将它们给拔掉。"

"你太有创意了！"罗伯特大声说道，"我从没有听说过让小狗将牙齿给拔掉的先例。等我的犬齿松了，我也要让你的小狗把它们给拔掉。"

"小排骨，好样的！"亨利说着抱起小排骨。虽然小排骨有时候会惹一些不大的麻烦，可是在很多时候，小排骨还是非常有用的。小排骨高兴地扭

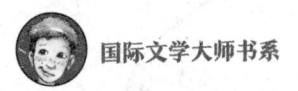

动着身子,并伸出淡红色的舌头舔亨利的脸。

"会拔牙的狗!太棒了!"斯库特用很钦佩的口吻说道,"你训练这只垃圾看守犬用了很长时间吗?"

"不长,而且它不是垃圾看守犬。"亨利把两颗犬齿从细线上解下来,放入牛仔裤的口袋中,他准备晚上将它们放在枕头下面。"小排骨,你很棒,不是吗?"

"汪汪!"小排骨叫了两声,有点儿担心那根绳子。

亨利看了看斯库特和罗伯特的水手帽,问道:"现在轮到我看你们的发型吧?"同时他取下了自己的帽子。

"不!"斯库特用手捂紧了自己的帽子,将帽檐拉到了耳朵下面。

"斯库特,你过来。"亨利诱哄道,"我就没有食言,我把牙齿拔掉了。

罗伯特摘下了他的帽子,他们互相欣赏起对方

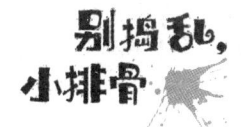

的头发来。

"你前面的头发比我的好看,但是我后面的头发比你的好看。"罗伯特说道,"至少这样会感觉更舒服一些。"

亨利仔细查看了一番,发现罗伯特的头发比自己的更糟糕,特别是左耳的上方还秃了一块。"我猜头发会长得很快的。"亨利说道。

"无论如何,我们的要比斯库特的好一些。"罗伯特观察道,"他的半边头几乎都是光的,需要几个月才能长出头发来。"

"没开玩笑吧?"亨利问道,"真的光了?"然后,他和罗伯特同时笑了起来。

斯库特阴沉着脸说道:"你俩是同一个班级的。同学们嘲笑你们时,你们还可以共同分担。可我是我们班里唯一一个。"

"嗯,你的发型确实很糟糕。"罗伯特说道,但他听起来并没有感同身受。

"确实很糟糕。"亨利喜不自禁地说。他不再

担心自己的头发了,正如斯库特所言,他可以和罗伯特共同分担烦忧。

亨利突然产生了一个想法。"嗨,伙计们,你们看!"亨利拧开了花园里的水管,喝了满满一口水,然后,他使劲儿将水从两个牙洞喷射出去。两道水流像是由水枪射出去似的,喷得老远。"我敢打赌,你俩也很想能喷这么远。"亨利说道。哈哈!除了糟糕的发型外,他依然还有可以向同学们炫耀的东西!

第五章
家长教师协会

九月初的一天，下午放学后，亨利与斯库特骑着自行车回家。小排骨早早地就在校园枞树丛中等待着亨利，此时它正坐在固定在亨利自行车后座上的那个小箱子中。

"这个周末你去钓鲑鱼吗？"斯库特问道，同时调整了一下自行车的方向，从堆满落叶的排水沟上骑过去。

"不知道呢，我爸爸还没有提这件事。"亨利

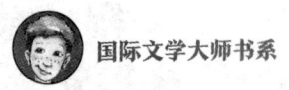

答道。

"上个星期六,我爸爸带我去了阿木普卡河。"斯库特说道。

"钓到鱼了吗?"亨利按捺住内心的激动问道。如果斯库特在阿木普卡河钓到鲑鱼的话,爸爸很可能这个星期六就去钓鱼。

"哎,准确地说,没有钓到鱼。"斯库特说道。

"为什么是准确地说呢?"亨利问道。

"当时有一条鱼上钩了,可是我没能将它拖上岸。"斯库特说道,"但是我敢打赌,下次我一定能钓上来。"

两人沿着克利基塔特街骑行着。亨利非常希望爸爸这个星期六就去钓鱼。如果爸爸去的话,他肯定也会跟着去的,因为小排骨在他的看守下没有惹什么麻烦——至少没有邻居再抱怨它。有好几次,小排骨差点儿就闯祸了,但他及时制止了小排骨。现在他没什么可担忧的。

到达亨利家时，斯库特告别道："明天见！"

"明天见！"亨利顺着车道骑到车库中。

后门锁着，于是他从门垫的下面取出钥匙，打开门走进去。他在冰箱旁发现了一张便条，是妈妈留下的，上面写着：

亨利：

我去参加家长教师协会了，请不要把所有的小红肠都吃光。

妈妈

亨利取出两根小红肠，给了小排骨一根。他正一边吃着红肠一边想着钓鱼的事儿时，门铃响了。

亨利打开门，发现比苏斯和妹妹雷梦拉正站在前门廊下舔着蛋卷冰激凌。雷梦拉一只手拿着一个正方形的蓝色饭盒，另一只手拿着蛋卷冰激凌，一副很费力的模样。她的下巴和衣服上都被巧克力冰激凌给弄脏了。

"你好呀！亨利。"比苏斯说道，"到我家玩跳棋，好吗？"

"好啊!这个主意好!"亨利答道,"我敢打赌,我一定能赢你。"

跳棋是亨利最喜爱的棋类游戏,比苏斯也是个下跳棋的好手。很多女孩子要思考很久才移动一下棋子,但比苏斯不这样。

小排骨眼巴巴地看着蛋卷冰激凌,亨利总会将最后一口蛋卷冰激凌留给自己吃,也许这两个女孩子也会让它吃一口。小排骨咽着口水,摇着尾巴。

"走开!"亨利喊道,"你不能碰她们的冰激凌。"小排骨轻轻地呜咽着。

"雷梦拉拿着饭盒干吗?"亨利问道,"她还没上学呢。"

"这不是饭盒。"雷梦拉说,一小滴化了的冰激凌从她下巴上滑了下去。

"这是饭盒呀!"亨利说道。

比苏斯舔了一圈冰激凌,解释道:"雷梦拉假想这是一个照相机。"

"她是怎么将一个饭盒假想成一个照相机

别捣乱，小排骨

的？"亨利感到匪夷所思。

"她经常会有这样的奇思妙想！"比苏斯提醒道，"爸爸说她的想法很荒唐。"

"我给你照张相吧。"雷梦拉说，她将饭盒的一端靠在胸前，另一端对准了亨利。

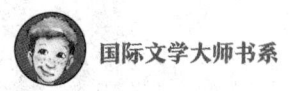国际文学大师书系

"雷梦拉!小心你的冰激凌!"比苏斯警告道,"冰激凌都快掉下去了。"

这正是小排骨所期待的。小排骨伸出长长的淡红色的舌头一扫,雷梦拉的冰激凌就掉在了地面上。小排骨猛舔了三下,冰激凌就没了,只剩下冰激凌的蛋卷还在小排骨的牙齿间。

雷梦拉勃然大怒,尖叫起来。

"看看你都干了什么!小排骨!"亨利生气地说道,同时他往四下里张望,生怕有邻居看到这一幕。他可不想让邻居们说小排骨从小孩手中抢夺冰激凌。

小排骨在地面上又舔了几下,生怕漏掉一丁点儿的冰激凌。雷梦拉不再尖叫,而是用饭盒打小排骨。

比苏斯一只手拉着妹妹,另一只手将冰激凌举到小排骨够不到的地方,责备道:"我早就提醒过你了!"

"我要我的冰激凌。"雷梦拉号啕大哭起来。

"冰激凌已经没有了。"比苏斯说道。

小排骨意识到自己错了,便夹着尾巴往台阶下面走去。它背对着亨利和他的小伙伴们,在院子的角落里啃一根啃了很久的骨头。

"我要我的冰激凌!"雷梦拉哭嚷道。

"呃——我的冰激凌可不能给你。它已经全部被我舔过一遍了。"比苏斯将冰激凌的顶端给咬掉,然后吮吸正在融化的冰激凌,"其实,你下巴上还有很多呢。"

"我不!"雷梦拉哭着说。

"我给她买一个吧。"亨利说道,只要雷梦拉保持安静,让他做什么都行,然后他好和比苏斯去下跳棋。另外,冰激凌是自己的狗抢走的,他真心实意地认为自己欠雷梦拉一个冰激凌。

"现在就买吗?"雷梦拉用脏兮兮的小拳头在下巴上抹着混着奶油的眼泪。

"嗯,现在就去买。"亨利想尽快解决掉这件事,"你们稍等片刻。"说完他便回到了家中,从

梳妆台的抽屉中取出一枚硬币。

亨利回到门廊边时,发现雷梦拉拿着饭盒在草地上走,然后她停下来,打开饭盒,将饭盒放在草地上,尔后她跑到小排骨身边,从小排骨的爪子间抓起那根骨头,将它放进了饭盒中。

"哼!"雷梦拉气呼呼地说道,然后啪的一声合上了饭盒。

小排骨显然很吃惊。"汪汪!"它叫了两声。

"哎——"亨利说道,"你不能这样做!"

"雷梦拉!赶快把骨头还给小排骨!"比苏斯命令道。

"我不!"雷梦拉说道。

小排骨冲着饭盒抽动着鼻子,然后,它可怜巴巴地看着雷梦拉,摇着尾巴。

"那是照相机!"亨利提醒道,"你不能把骨头放在照相机中。"

"现在它是饭盒。"雷梦拉说道。

"雷梦拉!把骨头还给小排骨!"比苏斯诱哄

道,"你见过谁在饭盒中放脏兮兮的骨头?"

"我的饭盒里有一个三明治。"雷梦拉坚定地说道,"我先不吃它。"

"哎——她假想那根骨头是三明治。"比苏斯充满歉意地说道,"我们是拿她没办法了!不过,我想妈妈也许会有骨头给小排骨的。"

亨利觉得自己有点儿跟不上雷梦拉的节奏。不过她现在不再哭嚷了,这已经很好了。"小排骨在这里埋了很多骨头,它还会刨出一根的,回头我挖一根出来。不过我们现在去商店吧,赶紧给雷梦拉买一个冰激凌,然后我们好去下跳棋。"

可是小排骨并不想要别的骨头,它就想要被雷梦拉抢走的这根。

在去格伦伍德学校的路上,小排骨一直都跟在雷梦拉的身后,不停地嗅着那个饭盒。穿过一条大街到格伦伍德学校门口,那里就有一个商店,亨利和比苏斯打算在这里买冰激凌。

当他们抄近路穿过操场时,亨利说道:"停了

 国际文学大师书系

这么多车啊!都是来参加家教会会议的。对了,你妈妈也来了吧?"

"没有,她这一次没有。"比苏斯从口袋中取出纸巾,去擦雷梦拉下巴上的冰激凌残汁,"我妈妈说她照看了雷梦拉一整天,太累了。"

"我想要!"雷梦拉说道。

"想要什么?"比苏斯问道。

"一些'家教会'。"雷梦拉坚定地答道。

"你不能有'家教会'的。"亨利真搞不懂,为什么这个小女孩满脑子都是奇怪的想法?"这是'家长教师协会',很多女士会在会议上发言。走快些!我们去买蛋卷冰激凌。"

雷梦拉在操场上的立体攀爬架边停下来,尖声喊道:"我要'家教会'!"

"你怎么能拥有'家教会'呢?亨利刚才已经说了,是很多女士坐在学校礼堂中谈话聊天,另外七年级的学生会为她们唱歌。"比苏斯拒绝了雷梦拉。

"不是这样!"雷梦拉呜咽起来,"我现在就要'家教会'。"

"她到底是怎么回事?"亨利不耐烦地问道,他很想赶快去下跳棋,可是从现在的情况来看,估计整个下午他都要耗在和雷梦拉争论"家教会"上了。

"我不知道她是什么意思。"比苏斯无可奈何地说道,"快走!雷梦拉。"

雷梦拉攥紧了饭盒,两只胳膊勾在立体攀爬架上的钢管上尖叫着。小排骨将一只爪子伸到了饭盒上。雷梦拉将饭盒夺回去,并哭喊道:"滚开!我要'家教会'。"

小排骨叫了一声。

"我要'家教会'。"雷梦拉呜咽道。她一只手紧紧抓着饭盒,并爬上立体攀爬架,以远离小排骨。

"你必须弄明白她是什么意思。"亨利对比苏斯说,"否则,她会一直坐在这里哭闹的。"

"我明白了。"比苏斯的声音听起来有些疲惫,"雷梦拉,你为什么想要'家教会'?"

"嗯,我想吃'家教会'。"雷梦拉哭着说道,同时她爬得更高了。

"'家教会'是不能吃的!我刚才给你解释过了,'家教会'是很多女士在一起聊天。"亨利使劲将一颗小石子踢向远处。

"等一下!我知道她是什么意思了。"比苏斯说道,"她认为我们在讲悄悄话。"

"你说什么?"亨利问道。

"是这样的,在家里时,我们在谈论一些可以吃的东西时,如果我们认为这种东西不适合雷梦拉吃,或者不想让她吃,那么我们就用简称悄悄地说,"比苏斯压低了声音说道,"她刚才以为我们在悄悄地说什么不想让她吃的东西。所以她说她想要它。"

"天哪!这个雷梦拉!"亨利觉得自己下午的跳棋计划要泡汤了,"那……我们现在该怎么

办呢?"

比苏斯依然压低声音说道:"我们到街对面的商店里买一些小甜点之类的东西,然后告诉她这就是我们在说的那样东西。"

"这个主意好!"亨利在心里赞叹比苏斯的智慧。

小排骨跟着亨利和比苏斯往商店走去,但走了几步,它回过头望了望雷梦拉——她依然在立体攀爬架的最上面拿着饭盒哭泣,然后它决定留在自己的骨头旁。亨利没有叫小排骨,他知道商店是不允许宠物进入的。

亨利和比苏斯在商店里东瞅瞅西看看,想找到价值一角硬币的零食,然后告诉雷梦拉这就是他们悄悄讨论的零食。找到合适的零食并不容易,因为雷梦拉对小甜点、冰棍和花生之类的零食都很熟悉,最后,他们决定买一小包马铃薯片,比苏斯相信,雷梦拉不知道马铃薯片的名字,因为这不是一种可吸食的食物。

国际文学大师书系

亨利和比苏斯返回学校操场,他们看到小排骨的两只前爪正搭在立体攀爬架最下面的那个铁环上。"汪汪!"小排骨冲着饭盒吠了两声,它似乎非常饿。

亨利还发现,有两位女士正看着小排骨和雷梦拉,其中一位女士是魏瑟尔夫人,她是妈妈的一个朋友。魏瑟尔夫人指了指小排骨,然后又指了指雷梦拉。

亨利急匆匆穿过街道,他可不希望小排骨再惹出什么麻烦事——至少在他去钓鱼之前。

魏瑟尔夫人说道:"你看那个小丫头,她被吓哭了。"

"狗在校园里随意走动是很危险的!"另外一位女士说道,"我们把它拉走,让小丫头下来。"

"可是我不敢靠近它。"魏瑟尔夫人说道,"我认识这只狗,它是亨利家的狗,这只狗很凶猛,大约一个星期前,它把清洁工给咬伤了。"

亨利看了看比苏斯,叹了口气。他想去下跳

棋，可是现在他该如何向魏瑟尔夫人解释呢？既然她认为雷梦拉是被小排骨追到立体攀爬架上面的，那么她肯定会告诉大家小排骨是一只危险的狗。这会给他带来麻烦的。很可能爸爸就不会带自己去钓鱼了！

"走快点儿！比苏斯！"亨利说道，"我们去告诉她是怎么回事。"

"亨利，原来你在那儿啊！"魏瑟尔夫人说道，"你妈妈知道你家的狗在校园里乱逛吗？"

"她不知道，魏瑟尔夫人。"亨利说道，"她在——"

"我想她不知道呢！"魏瑟尔夫人打断了亨利。

"我妹妹不害怕这只狗。"比苏斯迅速地说道。

雷梦拉刚才只顾着听他们说话，忘记了哭泣，这时候却号啕大哭起来。魏瑟尔夫人和另外一位女士彼此看了看对方，点了点头。

国际文学大师书系

"汪汪!"小排骨又叫了起来。

"亨利!抓住你的狗!我把小丫头给弄下来。"魏瑟尔夫人说道。

亨利抓住了小排骨的项圈。他很好奇魏瑟尔夫人是不是要爬到架子上,他希望是这样。"可是雷梦拉是因为——"亨利的话还没说完,就再次被魏瑟尔夫人打断了。

"乖!别害怕啊!我们不会让小狗伤害到你的。"她对雷梦拉说道。

"乖!快下来啊。"另一位女士也哄道。

就在这个时候,七年级的学生从大楼涌了出来。几个男生玩起了追赶游戏,小排骨吠叫得更加起劲儿了。

"嗨!刚才我们为家教会唱歌了!"一位男生从亨利身旁跑过时说道。

"我也要!"雷梦拉哭喊道。

小排骨更加兴奋了。它往前挣,项圈被绷得更紧了,它想再次将爪子搭在攀爬架低处的铁环上。

"它太凶了!"魏瑟尔夫人说道,"我要向校长报告这件事!"

"可它只是为了要回自己的骨头。"亨利极力辩解道。

周围太吵了,两位女士根本就没有听到亨利的解释。"我想校长会先将它关起来,然后通知家长将它带走。"另一位女士说道。此时,魏瑟尔夫人已经开始往大楼走去。

"可是它有狗牌。"亨利争辩道,同时他希望小排骨能安静下来。

"那只垃圾看守犬怎么在这里呢?"一位玩追赶游戏的男生跑过来大声喊道。

"住口!"亨利冲这个男生大声嚷道,他是斯库特的一个朋友,"它不是垃圾看守犬!"

学校的门打开了,参加家教会的妈妈们纷纷走了出来。人太多了,以至于魏瑟尔夫人无法挤进去。

"你快把她给弄下来!"亨利恳求比苏斯。但

别捣乱,小排骨

愿能赶在魏瑟尔夫人回来之前把雷梦拉给弄下来并把她带回家!

"雷梦拉!你的零食买回来了!"比苏斯摇了摇马铃薯片的袋子,"你下来吃啊!"

"我不!"雷梦拉说道。

"雷梦拉!你立即下来!"比苏斯命令道,"你不下来就没得吃了!"

"你能不能爬上去将她弄下来?"亨利绝望了,要是校长穆伦小姐真的将小排骨关起来,可怎么办?

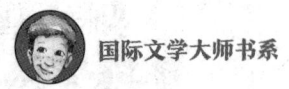

比苏斯开始往架子上爬。

"雷梦拉,你等着。我要告诉妈妈。"比苏斯边爬边说。

雷梦拉再次尖叫起来。

这反倒刺激了小排骨,它吠叫得更加厉害了,把一些妈妈都吸引了过来。她们走到攀爬架边,看是怎么回事。

"停住!小排骨!"亨利命令道,"你看看你,又闯祸了!"

"我怎么才能把她弄下来?"比苏斯问道,"我没法抱她下来,如果我使劲儿拽她的话,她会掉下来的。"

"噢!小丫头怕狗。"一位妈妈说道。

"不是这样子的!"亨利大声说道,可是没有人注意到他,她们全都看着雷梦拉。

"她都被吓哭了!"另一位妈妈说道,"看她的小脸,哭得鼻涕一把泪一把。"

那是巧克力冰激凌,亨利心想。

"因为狗，小女孩不能在校园中玩耍，真该感到羞愧！"另一位妈妈说道。

"我的狗没有打扰她，是她打扰了我的狗。"亨利向他旁边的一位妈妈解释道，可是她仅仅看了他一眼，一点儿都不相信他的话。

"也许下一次家长会上，我们应该讨论一下这件事。"另外一位妈妈建议道。

"下一次会议？我们现在就应该采取措施。"另一位妈妈说道，"这是哈金斯家的狗。我听一位邻居说，她很讨厌这只狗，因为它总是坐在她家附近等她家的猫出来，猫一旦出来，它就开始追它，猫就被逼得逃到树上。"

亨利真希望自己和小排骨能立马消失掉。现在学校里所有的妈妈都会认为小排骨是只凶猛的恶犬。

"我们要不要报警？"有一位妈妈问道。

"暂时先不要。"一位妈妈说道，"我认识这个小丫头，她经常有事没事就哭鼻子。"

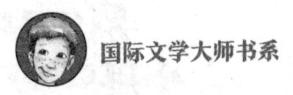

亨利稍微松了口气,他终于感受到一丝友好。

"真的吗?"另一位妈妈说道,"我们可不能因为小丫头太年幼了、举止不当,而允许那只狗把她吓哭。"

亨利一时没明白这位女士的意思,可是他觉得一定对小排骨不利。

"我们应该把它关起来。"另一位妈妈说道,"你们看看,小丫头被吓成什么样子了!"

"亨利!怎么回事?"是哈金斯夫人,"这到底是怎么回事?"

"他的狗把小女孩撵到了攀爬架上,还不让她下来。"亨利还没来得及开口,一位女士就抢先回答了。

哈金斯夫人看了一眼雷梦拉,又同情地看了看亨利,说道:"这只狗并不凶猛。"

"妈妈,其实它没有追赶她。真的!"亨利说道。

旋即,魏瑟尔夫人和校长穆伦小姐从人群中挤

了过来。"就是这只狗。"魏瑟尔夫人指着小排骨说道。

穆伦小姐!亨利心想,我一定要抓住小排骨!穆伦小姐很友好,可是她说到做到!

穆伦小姐个子很高,头发是灰色的。她开始说话了,人群立马安静下来:"你好啊!亨利。这是怎么回事?"她和蔼地问道。

亨利不自在地四处看了看,然后舔了舔嘴唇,说道:"表面上看,是我的狗把雷梦拉撵到了架子上,但事实上不是这样的。"

亨利停顿了一下,接着说道:"雷梦拉将小狗的骨头拿走放在她的饭盒中,小狗只是想要回它的骨头,就是这样。"亨利觉得没有必要提蛋卷冰激凌的事儿了。

"确实是这样的,穆伦小姐。"比苏斯在架子中间说道。

"我的饭盒里有个三明治。"雷梦拉尖声说道。

"可是小女孩被吓坏了。"魏瑟尔夫人说道,"她都哭成这个样子了。"

"她还没往架子上爬时就在哭!"比苏斯说道。

"我知道小排骨不会伤害任何人的。"穆伦小姐说道。

校长居然知道狗的名字!亨利很吃惊。

穆伦小姐微笑着说道:"格伦伍德学校中的所有人都知道小排骨。每天放学后,它都在枞树丛等待亨利。我透过办公室窗户观察小排骨很久了,它从来没有伤害过任何一个小朋友。事实上,它真的很友善。"然后穆伦小姐抬起头看着雷梦拉,语气既亲切又威严地说道:"你现在可以下来了!"

雷梦拉满脸不情愿,但还是爬了下来。

"现在把骨头还给小排骨。"穆伦小姐说道。

雷梦拉快快不乐地打开饭盒,把骨头递给小排骨。小排骨用嘴巴叼住骨头,看了看亨利,似乎在说:"我们现在可以回家了吗?"

妈妈们感到有点儿尴尬，散开了。

"谢谢您！穆伦小姐！"哈金斯夫人说道。

"谢谢您啊！穆伦小姐。"亨利感激地说，"我刚才正愁怎么办呢，她们说要把小排骨给关起来呢。"

穆伦小姐笑了笑，说道："现在好了，亨利，我理解的，我自己也养了三只狗呢。"

"真的吗？"亨利吃惊地问道。穆伦小姐竟然养了三只狗！他无论如何也想不到，穆伦小姐也有自己的业余生活。是三只狗！

穆伦小姐往大楼走去时，比苏斯从口袋中掏出一张纸巾，递到雷梦拉的鼻子前，说道："擦一擦。"雷梦拉接过纸巾擤鼻涕。

"这真的不是小排骨的错。"比苏斯对哈金斯夫人说道。

亨利的妈妈微笑着说道："我知道了。"

比苏斯将马铃薯片递给妹妹，严厉地说道："这是你的零食，这下你满意了吧？"

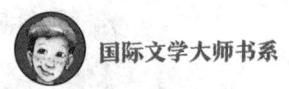

　　魏瑟尔夫人并没有因此而轻易地改变自己的看法,她对哈金斯夫人说道:"我知道你们都喜欢狗,可是它真的惊吓到了这个小丫头。"然后她蹲下来,仔细端详着雷梦拉的小脸庞,问道:"狗狗吓到你了吧?"

"没有！"雷梦拉看着魏瑟尔夫人回答道，然后她也蹲了下来。

亨利认为这让魏瑟尔夫人显得很愚蠢。雷梦拉将另外一片马铃薯片塞进口中，魏瑟尔夫人迅速站起了身。"我很喜欢吃'家教会'。"雷梦拉说道。

"我敢跟你打个赌。"亨利说道，"快点儿，比苏斯，没准晚饭之前我们还能玩上一局跳棋。"知道钓鱼计划没有被打乱，亨利高兴地唱起了歌儿：

"汪汪狗粮是最好的，"

当他唱第二句时，比苏斯也跟着一起唱了起来：

"比其他狗粮所含的肉都要多……"

第六章
小排骨去钓鱼

星期五晚上,晚饭过后,哈金斯先生嚷了起来:"我找不到我的防水锡裤了。"

"爸爸!"亨利急忙喊道,"我跟你一起去,可以吗?可以吗?爸爸!"当哈金斯先生拿出他的防水锡裤,其实这并不是锡裤,只是厚厚的帆布裤,亨利知道爸爸要去钓鲑鱼了

哈金斯先生笑道:"不过我担心你凌晨三点钟起不来。"

"没问题！肯定能起来。哈哈，伙计们，我要钓一条更大的鲑鱼！"

"我可没抱太大的希望啊。"爸爸说道，"二三十磅的大鳞鲑鱼你都拖不上来！"

"呃——我敢打赌我肯定能弄上来一条的。"亨利吹嘘道，毕竟，练习摔跤时，他能把罗伯特给摔倒，二十五磅左右的鲑鱼也不算太重。他仿佛看到自己正一只手拎着鲑鱼，另一只手拿着钓竿拍照呢。也许自己真的不能一只手拎起这么大一条鲑鱼，但是可以用什么东西把它拎起来还不影响拍照呢！

"亨利。"哈金斯夫人若有所思地看着儿子，"如果一条鱼都没钓到的话，你不要太失望啊。"

"不会的！妈妈，我绝对能钓上来鲑鱼的。"亨利拍了拍小排骨，它正趴在壁炉前打盹儿，"你听到了吗？小排骨！我们明天去钓鱼！"

"嘿！谁说过让小排骨也去啊？"哈金斯先生问道。

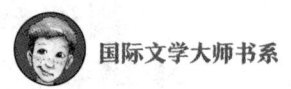

"爸爸,它不会闯祸的。"亨利争辩道,"你会吗?伙计!"小排骨睁开一只眼,看着亨利。

"如果亨利这个年龄能去钓鱼的话,那么小排骨也能去。"哈金斯夫人微笑着说道,"明天就是假期了。今天晚上我就把你们明天的午餐给做好,明早你们自己做早餐吧。我可以多睡一会儿,可别让小排骨再跑出跑进了。"

"那好吧,让小排骨也跟着去吧。"哈金斯先生允诺道。

"我们去哪儿钓呢?"亨利问道。

"我们去阿木普卡河口碰碰运气吧。"爸爸回答道。

"斯库特上个星期去的就是这里。"亨利说道。

"亨利,如果你想明早凌晨三点就起床的话,最好早点儿上床。"哈金斯夫人说道,"要记得穿厚衣服啊,水边肯定会冷一些。"

亨利这一次居然很顺从地早早上床了。尽管如

此，哈金斯先生喊他起床时，亨利依然觉得迷迷糊糊。他和爸爸匆忙地吃早餐时，天上的星星还闪闪发亮。小排骨溜进厨房看发生了什么事，亨利将半罐汪汪狗粮和一些马肉喂给它吃。

格鲁比先生家的钢丝网门砰的一声关上了。"带上你的雨衣，然后咱们就出发。"哈金斯先生从厨房的桌子上拿起两个饭盒，匆匆从后门走了出去。

"你也跟我们一起去？"格鲁比先生看到亨利时问道。

"嗯，我敢打赌，我一定能钓上来一条鲑鱼。"亨利说道。

"你最好还是别抱太大的希望。"格鲁比先生说着打了一个哈欠。看到小排骨钻进哈金斯先生的汽车并坐在后座上，格鲁比先生皱了皱眉，又打了一个哈欠，但他没说什么。

汽车驶离了市区，爸爸和格鲁比先生聊着以往钓鱼的经历，亨利静静地听着。小排骨不知道这是

要去哪里，它从后座跳到前排座位上，又从格鲁比先生的膝盖上走过去，尾巴扫到格鲁比先生脸上。格鲁比先生并没有把车窗摇下来，于是小排骨又回到后座上，然后从后排的这边跳到那边，又从那边跳到这边，直到亨利打开了玻璃窗，小排骨将头微微地探到窗外，嗅起各种有趣的气味。

格鲁比先生转过身，冲着小排骨皱了皱眉，但他依然没有说什么，仅仅将领子往上拉了拉。

"亨利，窗户开着很冷呀。"哈金斯先生说道。

"好的，爸爸。"亨利抓着小排骨的项圈将它拉回车中，然后将玻璃升上去。小排骨转了三圈，最后，它在座位上蜷缩着睡起觉来。

格鲁比先生说，他在尼黑勒姆河口钓到过一条大鱼。亨利心想，我打赌我一定能钓到鲑鱼。然后，他头枕着小排骨进入了梦乡。

驶离高速公路，汽车沿着碎石路前行，亨利被颠醒了。前方不远处有一座桥，标识牌上写着：阿

木普卡河。天空是灰色的,空气中弥漫着海水的味道。"到吃午饭的时间了吗?"亨利问道。

"我们到了。"哈金斯先生说道,"现在正好是六点钟。"

亨利从车中跳下去,四下里打量起来。在昏暗的晨曦中,亨利看到一座破旧的建筑物,上面有几个用油漆涂写的大字:运动员罐头厂;另外还有一个不大的饭店,窗户上凝结着水雾;旁边还有几个小木屋和一个船坞，船坞的标识牌上写着：租售钓鱼船和渔具！迈克。

船坞下方的河流中摆放着一排排小船，在水面上轻轻摆动着，还能听到海浪的声音。亨利兴奋极了。他真的到达这里了，他真的要钓鲑鱼了！

哈金斯先生租船的时候，小排骨一会儿跑到这边，一会儿跑到那边，不停地嗅着各种新鲜而奇怪的气味。亨利在研究船坞屋檐下的秤。他用手抓住大钩，使劲儿往下拉，直到吊秤的指针指向二十五磅时，他才停住。刚才他费了很大的劲儿才使指针指向二十五磅。此时他最渴望的是亲手将一条鲑鱼挂在吊钩上，看着指针指向二十五磅或者三十磅。他要和挂在吊秤上的大鲑鱼合一张影，让所有的伙伴都知道自己钓到的鲑鱼有多重。

"这一次我把我儿子也带来了。"哈金斯先生对船坞的老板迈克说道。

"你好啊！小家伙！"迈克说道，"钓鱼要从娃娃抓起啊！"

"那当然了,先生。我希望能钓上来一条大鲑鱼。"亨利答道,然而,当他看到迈克脸上的微笑后,他有点儿后悔刚刚夸下的海口。也许他们是对的,自己真的不可能将鲑鱼给拖上来——即便真的有鲑鱼上钩。可是,万一愿望真的实现了呢?

"这里的鱼很多吧?"哈金斯先生问道。

"非常多。"迈克答道,"昨天,有个人钓上来一条三十六磅重的大鱼。"

三十六磅!天哪!太棒了!亨利一边在心里盘算着,一边拿着饭盒跟在爸爸和格鲁比先生的后面,顺着台阶往河面上系着浮木的小船边走去。小排骨跟在亨利的后面上了小船,对着几个饭盒嗅起来。

"刮南风,快要下雨了。"格鲁比先生说道,然后,他将绳子缠绕在小船的发动装置上,用力将绳子往外拉。发动机嗯嗯嗯响了几声后,很快又熄灭了。格鲁比先生重新将绳子缠绕在发动装置上。

快一些啊!亨利心想,我要赶快去钓鱼!

格鲁比先生再次使劲儿将绳子往外拉。这一次,发动机成功运转起来了。为了挡风,亨利将雨衣的领子往上翻,然后坐在小船的一侧。河水看起来很凉也很深。小船和前面的船一起往河口的沙洲驶去,小排骨站在船头上,兴奋地冲着在空中盘旋的海鸥吠叫。

虽然在迈克的船坞那里,阿木普卡河河面有几百英尺宽,可是,入海口却变得狭窄起来,这是因为河口两侧的沙淤积起来了。格鲁比先生将小船停下来,抛下锚。船在这里停泊成一排,亨利明白,这里是钓鱼的最佳位置。鱼从大海中洄游,顺着河流逆流而上去产卵。

亨利望着湍急的河流与海浪撞击,禁不住惊叹道:"天哪!河流和大海好像在打架一样。河流想奋力流入大海,海水想奋力流入河流。我可千万不能失足掉入水中啊!会被冲走的!"

哈金斯先生和格鲁比先生都没有吭声。他们只顾着摆弄渔具。哈金斯先生将一根结实的钓竿递

给亨利,这根钓竿上带有一个绕线轮。鱼线的末端固定在一个三角形塑料片的一个角上,另外一个角上连接着一个铅锤,第三个角上系着一段金属丝,金属丝的末端是一个鱼钩,鱼钩的外面覆盖着一些红色的羽毛,鱼钩本身是黄铜材质的,闪着黯淡的光泽。

"亨利,将鱼线抛到船外,然后让水流将鱼线冲到远处,我想这是最简单也最适合你的方法。"哈金斯先生说道,"就像这样!"说着他将鱼线往水中抛去。随着鱼线被水流裹挟到远处,鱼竿上的绕线轮开始转动起来。

"可是你忘记了往鱼钩上挂鱼饵啊!"亨利说道。

"逆流而上的鲑鱼不饿,它们不是去觅食的,它们是去产卵的。"哈金斯先生解释道,"它们去咬鱼钩是因为旋式鱼钩让它们很生气。"

"这样子啊!"亨利说道。他希望自己也能够让哪条鲑鱼感到非常生气,然后他说道:"小排

骨,你离午餐远一些。"

亨利和爸爸还有格鲁比先生都不再说话,他们开始钓鱼了。亨利将鱼线抛到船外,让鱼线随着河水流向远处,然后又慢慢地旋转着绕线轮将鱼线收回。哈金斯先生和格鲁比先生都是非常熟练的钓鱼能手,他们将鱼线抛了出去。

亨利一次又一次地抛鱼线。风越来越冷,他开始流鼻涕了。他抛出鱼线,又将鱼线收回来,然后擦一擦鼻涕;再次抛出鱼线,又将鱼线收回来,然后再擦一擦鼻涕。最后,他说道:"爸爸,午饭的时间到了吗?"

哈金斯先生看了看手表,说道:"现在是八点三十六分。"

亨利抛出鱼线,将鱼线收回来,再擦一擦鼻涕。他试着不去想自己有多饿。小排骨嗅了嗅那些午餐,然后用期待的目光望着亨利。

另一只船中响起了呼喊声,亨利赶忙循声望去,发现一个人正侧身倚在船上,他用鱼叉叉在一

条银光闪闪的大鱼的鱼鳃处,将鱼拖到船上。

"肯定有二十磅重。"格鲁比先生说道,同时,他的绕线轮响起了旋转声。

看到那条大鱼,亨利兴奋极了。大鱼,大鱼,快过来吧!他默默地祈祷着,然后又抛出了鱼线。

大滴大滴的雨开始落在小船上。片刻之后,雨

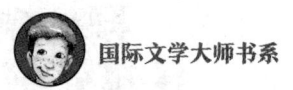

哗啦啦地下大了。雨水顺着亨利的雨帽往下流。小排骨颤抖起来，并低声呜咽着。亨利抛出鱼线，收回鱼线，再擦一擦鼻涕。亨利心想，钓鲑鱼真的有趣吗？如果是的，他现在就不会感到饥饿了。

终于，雨停了，哈金斯先生说道："我们休息几分钟，吃份三明治，怎么样？"

"可以啊！"格鲁比先生说。

"天哪！我都快饿死了！"亨利伸手去拿自己的饭盒。他从保温杯里倒了点儿汤，咬了一口三明治。嗯，味道确实好极了！小排骨看着亨利一口一口地吃着。亨利每咽一口，小排骨也跟着吞咽一下。可怜的小排骨！湿漉漉的毛发紧贴在身上，显得非常瘦。亨利将半块三明治递给它。

"留一些午餐晚些时候吃吧！"哈金斯先生提醒道。

小排骨狼吞虎咽，然后它站起身，使劲儿甩了一下身子，脖子下的金属狗牌叮叮叮地响了起来。水滴往各个方向飞去，溅在了三人的脸上、三明治

上以及正喝着的保温杯中的咖啡里。

"停住!"哈金斯先生将自己的三明治往一旁挪。

格鲁比先生什么也没有说。等小排骨不再甩了,他取出手帕,擦了擦脸,然后将自己的咖啡倒到河水中,将三明治放回饭盒里,取出另一份三明治。

亨利不禁心想,格鲁比先生真是个生活很讲究的人。亨利咬了一大口三明治,这时,他看到小排骨就坐在他面前,渴望地看着他。小排骨摇摆着尾巴,表示它很想再来一口。它的尾巴扫到工具箱时,亨利赶忙去扶,但已经晚了,工具箱翻倒了,里面的绕线轮、鱼钩和铅锤等全都滚落到船板上。

"靠得太近了!"亨利看着乱成一团的渔具喊道,"小排骨的尾巴差点儿被鱼钩给钩住了,太可怕了!"

格鲁比先生清了清嗓子:"确实是。"然后他弯下腰去整理渔具。

"亨利！"哈金斯先生平静地说道，"你最好看管好小排骨。"

"非常抱歉，爸爸。"亨利很不自在地说道。小排骨弄翻了工具箱，这当然让格鲁比先生已经很不高兴了。如果刚才小排骨的尾巴被鱼钩钩住了的话，亨利肯定同样不高兴。

亨利看了看小排骨，它正在冷风中瑟瑟发抖。"小排骨你过来！躲到我的雨衣下。"亨利拉开雨衣。小排骨在雨衣里调整了三次姿势，终于找到个舒服的姿势蜷缩起来，进入了梦乡。

亨利心想，这下好了，它睡着了，就不会再惹出什么麻烦了，于是亨利狼吞虎咽吃了第三份三明治、一个魔鬼蛋、一块巧克力蛋糕、一根香蕉，还将剩下的汤一扫而空。

温热的汤和晃动着的小船让亨利感到昏昏欲睡。他抛出鱼线，收回鱼线，再擦一擦鼻涕，如此反复多次。为什么还没有鱼上钩呢？他很想回到船坞，伸展开腿脚好好休息，可是他不能将自己的

想法告诉爸爸。爸爸和格鲁比先生正兴趣盎然地钓着呢!

欢呼的声音不时地从别的小船中响起,有人钓到鲑鱼了。乌云往海岸边郁郁葱葱的山峦上空飘去。亨利看到,南边的大雨要往这边下了。亨利将雨衣的领子翻起来,等待第一滴雨落下来。

"现在是什么时间了,爸爸?"亨利问道。

"十点整。"爸爸一边回答着,一边收着鱼线,"你累了吗?"

"不——不累。"亨利试着不让身子颤抖。才上午十点钟?可是亨利觉得自己已经在这里待了一辈子。为什么还不到午饭时间呢?如果他能将头枕在什么东西上,哪怕是五分钟,该有多好!

突然,格鲁比先生惊叫着喊道:"嘀!"

"钓到什么了吗?"哈金斯先生紧张地问道,同时他放下自己的鱼竿,拿起鱼叉。

"是的。"格鲁比先生严肃地说道,并旋转起他的绕线轮来。

　　亨利的睡意顿时消失了。他放下自己的鱼竿，急切地观察着格鲁比先生收回鱼线。他很想看清楚怎么将鱼拖上来。如果格鲁比先生钓到的是一条鲑鱼的话，那么肯定也会有鲑鱼来咬自己的鱼钩的！

　　格鲁比先生停止旋转绕线轮。鱼线开始被往外拉，亨利明白，那条鲑鱼正在将鱼线往远处拉去。"它会逃脱吗？"亨利低声问爸爸。他知道，不能干扰到格鲁比先生。

　　"不会的。"哈金斯先生回答道，"如果上钩的鱼反抗和挣扎的话，就让它将鱼线往远处拉吧，否则它会把鱼线扯断的。"

　　格鲁比先生再次旋转起绕线轮时，亨利屏住了呼吸。突然，那条鱼再次反抗和挣扎起来。格鲁比先生面色冷峻，静静地等待这条鲑鱼安静下来。过了一会儿，格鲁比先生再次旋转起绕线轮。一条很大的鱼在小船附近浮出水面。

　　"钓起它！"格鲁比先生喊道。亨利观察到爸爸握着鱼叉将身子探出船舷。

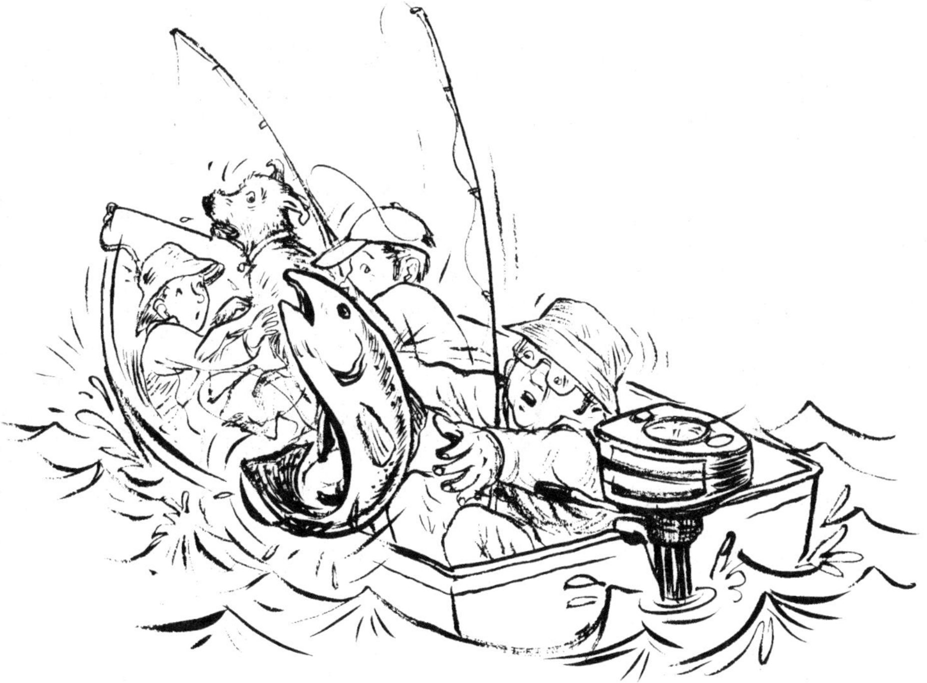

别捣乱，小排骨

"叉住它！"哈金斯先生说着将鱼叉叉进了大鱼的鱼鳃处，并猛地将大鱼拽进小船中。这条大鱼依然在挣扎着。哈金斯先生试图去击打这条鱼，但没打中，这条不停翻动和跳跃着的大鱼拍打到了睡梦中的小排骨。

小排骨醒了过来，看到这条乱翻乱跳的怪物，吓得惊叫一声，挣扎着往一旁躲闪。小排骨被鱼线

绊住了,它拼命地躲闪,鱼钩从鲑鱼的嘴巴中扯出来了。格鲁比先生去抓这条鲑鱼,可是鱼从他手中滑脱了,留下两手鱼鳞。大鲑鱼再次打到了小排骨,小排骨在慌乱逃脱中被饭盒绊倒。大鲑鱼猛地一跃,从船边跳了出去,扑通一声落进了河水中,溅了他们一身水,游走了。

"汪——汪——汪——"惊恐的小排骨挣扎着站起来后,吠叫起来。它发了疯似的往后面看了一眼,然后就从小船的另一侧跳了下去,往上游游去。

这一切发生得太快了!三个人都目瞪口呆,愣住了。

"呃——"哈金斯先生喊道。

格鲁比先生什么话也没有说。他看了看满手鱼鳞,然后又望着鲑鱼消失的水面。

"爸爸,快开船。"亨利喊道,"救小排骨,否则它会被冲到大海中的。"

亨利觉得爸爸用了很长的时间才拔起锚,然后

又用了很长的时间才将发动机发动。"小排骨!"亨利疯狂地呼喊着,小排骨在急流中拼命挣扎着,只有鼻子露出水面。

"爸爸,快一些!"亨利知道小排骨一旦被冲入海浪之中,必定九死一生。

哈金斯先生猛地将绳子往外一拉,发动机嘚嘚嘚响了起来,又熄灭了。他赶忙重新缠绕绳子。

"爸爸!"亨利绝望地喊道,"小排骨!"小排骨虽然用尽了浑身的力气,也只游回了一点点。一阵疾风从水面上刮过,一道波浪从小排骨的头上涌过。

小船还是没有发动。

"爸爸,它不会在急流中游泳。"亨利呼喊道,同时扭过头望了望身后可怕的海浪,"你能快一些吗?"

哈金斯先生重新将绳子缠绕好,然后猛地往外一拉。发动机发出很疲倦的嘚嘚声。

现在,小排骨已经被水流裹挟到小船的旁边

了。亨利心想,我一定要把它拉起来,于是他探出身子。小排骨离得这么近,他甚至看到小排骨的眼神中充满了恐慌,同时他还看到小排骨的爪子在水下拼命刨着。亨利又将身体往前探出去了一点,将手伸向小排骨,他失去了平衡,眼看即将跌入水中,这时一只大手抓住了雨衣的领子,将他拉回到了船中。

"不要把身子探出去!"哈金斯先生厉声喝道,他又重新缠绕起绳子来。亨利没有理由再探出身子了。急流将小排骨冲得更远了,他已经够不到

它了。

附近钓鱼的那些人一直在看着。

"小子,不用担心。"其中一个人喊道,然后他拔起锚,启动了强劲的发动机,开着小船往小排骨这边驶来。发动机的咆哮声吓坏了小排骨,它挣扎着往相反的方向游去,生怕小船碾压自己。

亨利几乎不敢再看下去了。如果那个人捉不到小排骨,接下来会发生什么事呢?或者,如果小船真的压到小排骨了呢?

那个人驾驶着小船逐渐靠近了小排骨,他伸出鱼叉,钩住了小排骨的项圈,然后将依然挣扎着的小排骨吊起来,它身上的水滴落在船上。

其他小船上的人都哈哈大笑起来。"你钓上来的这条大鱼至少有三十磅重。"有人大声说道。

亨利总算松了一口气,就让他们笑去吧。小排骨现在安全了。它不会被卷进汹涌的波涛中了。小排骨安然无恙,这才是最重要的。

救起小排骨的那个人掉转船头,兜了一个大圈

子，将船往亨利的船边靠过来。他将湿淋淋的小排骨递给亨利。

"太感谢您了！"亨利抱紧颤抖着的小排骨，好不容易才吐出几个字。

"小意思！"那个人说道。然后，他的船咆哮着离开了，只剩下亨利的小船在水中颠簸着。

"天哪！"亨利抱紧了小排骨，小排骨伸出长长的舌头舔了舔他的脸，"刚才太惊险了。"

"可不是嘛。"哈金斯先生说道。然后，三个人全都沉默下来。最后，哈金斯先生说道："格鲁比先生，非常抱歉小排骨将你的那条鲑鱼弄丢了。"

"肯定有二十五磅重。"格鲁比先生有些遗憾地说道。

亨利不敢去看格鲁比先生的脸，他低着头说道："真的非常抱歉！"然后他抹抹小排骨的脊背和尾巴，将它身上的水给擦掉，"我想小排骨以前从来没见过这么大的鲑鱼，它一定是被吓坏了。它

不是故意的。"

"亨利!你能不能把小排骨带回到船坞,先把它的毛发烘干了?"爸爸问道。

"好主意!"格鲁比先生说道。

"好的,爸爸。"亨利同意道,他很想让自己的狗尽快暖和起来。可是,从格鲁比先生说话的口气来看,亨利明白,这一天接下来的时间他都必须在船坞中度过,也就是说,他不可能钓到鲑鱼了!亨利悲伤地看着自己的狗。

小排骨站着,抖动着身子,金属狗牌叮叮叮地响了起来。

第七章
沙滩上的鲑鱼

"哎——我想这不是你的错。"亨利闷闷不乐地看着小排骨说道。

小排骨正蜷缩在迈克船坞的电暖器旁。这只狗似乎给他带来了数不尽的麻烦。既然他已经夸下海口,就不能不带着鲑鱼回去,否则该如何向人们展示?想到将要和格鲁比先生坐在同一辆车中长途驶回家,亨利就更加不开心起来。格鲁比先生一定在想他那条得而复失的鲑鱼,他肯定会归罪于小排骨的。

亨利望了望窗外挂在屋檐下的吊秤，叹了口气。因为小排骨，他不可能往那个钩子上挂鲑鱼了，更不可能观察吊秤的指针指向二十五磅了。

现在是什么时间了？亨利向船坞的老板问道。

"两点零五分。"迈克回答道。

两点零五分。至少还得等三个小时，爸爸才能结束钓鱼，而所有的午餐他已在几个小时之前就全部吃完了——当然是在小排骨的帮助下。他真希望自己身上带了钱，这样他就可以去餐馆买一份汉堡。

房屋中的墙壁上贴满了照片——都是钓鱼的人拿着自己钓到的鱼拍的照片，亨利在百无聊赖中久久地欣赏着这些照片。他仔细观察了一个装满待售渔具的箱子。然后，他通过竖立在窗户前的一个望远镜往远处望去。他看到了爸爸和格鲁比先生，可是他看到小船上没有鲑鱼。如果格鲁比先生钓到一条大鱼的话，回家的路途多少会好过一些。

亨利将望远镜转向其他的小船。如果其他人中有人钓起鲑鱼,那么格鲁比先生可能也会钓到一条。当亨利将目光投向一排船中的最后一艘小船时,他校正了一下望远镜的调节器,重新仔细观察起来。那是斯库特和他的爸爸吗?看起来很像是他们。可是他们的帽檐被拉了下来,根本就看不清。

很多大人都穿着黑色的雨衣,而男孩大多穿着黄色的雨衣,因此,这两个人可能不是斯库特父子。亨利希望是这样。如果看到斯库特拎着一条鲑鱼回来的话,即便拎着的是一条银鳞鲑鱼,自己也会尴尬的!

"这里怎么有小狗的气味呢?"迈克问道。

"我的狗都快干了。"亨利答道。他用脚蹭起小排骨滴在地面上的小水坑来。

一个男士进来买渔具。他嗅了嗅,往四下里瞅了瞅。当他发现小排骨时说道:"我想这只湿漉漉的狗身上散发的气味不怎么好闻。"

小排骨不受欢迎,亨利心里感到很不是滋味。

两个女士走了进来,她们从望远镜中看着自己的丈夫。她们看了看小排骨,皱着眉。"我觉得世界上没有什么气味比这只湿漉漉的狗身上的气味更难闻。"其中一位女士校正着望远镜说道。

"小排骨,快过来!我们到外面去!"亨利并不认为小排骨身上的气味很难闻,只不过有一点儿

气味而已。既然大家都不待见他们,那他们就到别的地方去等吧。亨利叹了口气,不知道接下来漫长的下午该干什么好。如果他不这么饿的话,也许情况会好一些。

在外面,亨利朝那一排停着的汽车放眼望去。他发现,倒数第三辆汽车是一辆绿色的双门福特牌豪华汽车,座位上罩着尼龙座罩,挡风玻璃上贴着黄石国家公园的标志,并且后窗上贴着雷尼尔山国家公园的标志。毫无疑问,这辆车是斯库特爸爸的!

"我们到沙滩上去吧。"亨利对小排骨说道,"在那儿,也许斯库特带着他钓的鱼回来时,我们就不会跟他碰面了。太平洋里有那么多鱼,就算游走了一些,他可能也会钓到不少鱼的。咱们钓不到鱼,不代表他也钓不到鱼。"

雨已经停了,风吹走了天上的云朵,天空现在很蓝。亨利和小排骨沿着一条沙子路往前走去。木桩、木板和箱子都被海水冲得发白。最后,他们来

别捣乱，
小排骨

到了一处很坚硬的潮湿的沙地上,沙地离海很近。亨利看了看正在河口沙洲钓鱼的那些人,然后沿着沙滩继续往前走去。他奋力将小木棍扔到海水中,看着它们被海浪卷到沙滩上,然后又被带回到海水中。他捡了一些贝壳,又观察了一番趴在沙滩上的水母。那条鲑鱼一直在他的心头萦绕,他不知道回家的路上自己该如何面对格鲁比先生。

"过来!小排骨!快跑!我追你!"亨利喊道,声音压过海浪声。正在追逐海鸥的小排骨停下来,沿着沙滩往前奔跑,亨利在后面追赶起来。

亨利开始高兴起来了。他试着一路跑,一路尽可能地靠近海水,但又不让冲上来的海浪弄湿自己的鞋子。渐渐地,太阳在海面上沉落下去,亨利知道,爸爸和格鲁比先生要不了多久就要结束钓鱼了。他决定返回船坞。"我们回家吧!小排骨。"亨利喊道。

小排骨根本就不理睬他,冲着什么东西狂吠不止。它怎么了?亨利感到很奇怪。一定是让人

兴奋的东西,也许又是一个水母吧!我最好过去看一看。

小排骨站在一条小溪流的岸边。亨利赶到那里,看到了让小排骨狂吠不止的东西,他惊呆了。这不可能吧?可确实是这样啊!在亨利脚边的浅水中,一条非常大的大鳞鲑鱼正在奋力往上游。

"天哪!"亨利惊呼道。他看着鲑鱼在水中挣扎,水很浅,刚刚没过鲑鱼的银色身体。鲑鱼离他这么近,他能清楚地看到它的鳞片和嘴巴中尖利的牙齿。亨利心想,它一定是走错了路,它一定误以为这是一条河流。天哪!我的渔具怎么都留在了小船中呢?我为什么就没带一些在身上呢?

这条疲倦的鲑鱼停止挣扎,小溪流的水流往大海,鲑鱼随着水流流去,尔后,它再次逆流游动起来。

我必须逮住它!亨利心想。我必须得逮住它,机不可失!

可是该怎么逮呢?他身上连一根细线或者弯曲

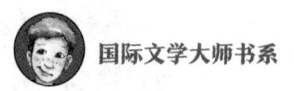

的大头针都没有，可是即便他有，面对这么大一条鱼，也无济于事！亨利在沙滩上四处张望，希望能可以找到什么工具逮起鲑鱼。

大鳞鲑鱼被水流往大海的方向冲去。

我一定要逮住它！亨利心想，不能放弃！他一定要赶在别人到来之前逮住它。亨利连鞋子都没脱，就走进溪水中，走向鲑鱼。他一边弯下腰去，一边思考着捕捉鲑鱼最好的办法。他小心翼翼地将两只手伸进了水中，然后他猛地将双手往上一铲，想将大鱼铲起并摔到沙滩上。可是鲑鱼的体重超出了亨利的预料，它轻易地就从亨利的手中挣脱掉了，然后它游动着往前方逃去。

亨利心想：我不能再错失这条大鱼！他将雨衣、夹克都脱了下来，扔到沙滩上。我要去拦截它，可是，或许我应该去抓住它的鳃！

小排骨继续狂吠着。亨利长长地吸了一口气，然后，他向鲑鱼扑去。当他咬着牙抱起这条又大又滑的鱼时，冰冷的水溅了他一脸。大鱼使劲儿扭动

了一下,从亨利怀里逃脱了,它想逃走,可是小溪流中的水实在是太浅了,它无法正常游动。

亨利站起身,他身上滴着水,浑身都是鱼鳞。如果这一次我再把它弄到沙地上的话,我干脆就坐在它身上得了!亨利打定了主意,再次扑下去并抱住它,大鱼又挣脱了,落入更浅的水流中。

既然这样,那我就往上游驱赶它吧!亨利心想。

亨利扑向大鱼,用手往大鱼的鱼鳃抠去,那里粗糙一些,可以用手抓住。亨利双膝跪在了浅水中,双手紧紧抓着大鱼。总算抓到你了,亨利心想。这一次,鲑鱼逃不掉了。

我总算逮住你了,可是接下来我该怎么办?亨利心急如焚。如果我站起身,把它抱起来,大鱼肯定会再次挣脱的!

疲倦的大鱼继续挣扎。亨利依然紧紧抓着它。他的双手已经麻木了,他感到从腿上流淌而过的溪流寒冷刺骨。该怎么办呢?坚持不了多久了!

小排骨绕着亨利跑来跑去,它不停地吠叫着,声音已经沙哑了。亨利紧抠着大鱼的鳃,感觉大鱼要逃脱了。看来我真要两手空空地回家了。

"别松手!"亨利突然听到有人喊道,他用眼角的余光看到,小溪流边出现了一个人,但很快又

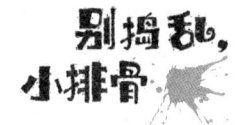

消失了。

他为什么要走掉呢?亨利感到很奇怪。他为什么不肯帮我一把呢?可是很快,那个人又出现了。他手里拿着一根浮木,走进小溪流中,用木棍猛击了一下鲑鱼。鲑鱼猛地动了一下,立马不动了。亨利抱着大鱼,费力地站起身,身上滴着水,打着寒战。大鱼是自己的了!他逮住了一条大鳞鲑鱼!

"哎!你逮住的这条鱼可真大呀!"那个人说道,"至少有二十五磅重。"

亨利冷得牙齿打战:"谢——谢——谢谢——你。"然后他从小溪流中走了出来。小排骨小心翼翼地走近鲑鱼。它嗅了嗅,然后退后几步,继续吠叫起来。

"我听到你的狗一直在吠叫,然后看到你的雨衣在沙地上。我猜测是不是发生了什么事,就跑过来看看。"那个人说道,然后他将亨利的外套和雨衣捡起来披在了亨利的肩膀上,"你赶紧把身子弄干,不然你会感冒的。鲑鱼让我帮你拎着吧。"

国际文学大师书系

亨利并不想将大鱼递给那个人,可是它确实太重、太滑了,他颤巍巍的手几乎拎不动大鱼了。

"嗯,确实很重。"那个人接过亨利递给他的大鱼时说道,"至少有二十五磅重。"

亨利咧开嘴笑了,他的嘴唇依然很僵硬:"多亏了我的狗不停地吠叫。如果不是你及时赶过来帮我的话,我一个人肯定抓不住它。"

亨利身上披着湿透了的衣服,迈着沉重的步伐,在沙地上往回走着。回头让邻居家那些小伙伴们看看我的大鱼吧!待会儿先让斯库特见识一下!

当他们快要到船坞时,亨利听到了发动机的声响,那些钓鱼的人正从河中往回赶呢。

"我自己拎吧。"亨利很想让所有人都看到这条鱼是他的。那个人微笑了一下,他明白亨利的想法,于是他将大鱼交给了亨利。亨利的衣服依然滴着水,他的脚丫子在鞋子里发出咕叽咕叽的声音,他抱着大鱼往吊秤边走去。

几个正等着称鱼的大人转过脸看着亨利。哈金斯先生和格鲁比先生这时候正顺着台阶往河岸上走来。他们看起来很累，海风和冰冷的天气让他们的脸变得红通通的，看着胡子拉碴的。令亨利感到欣慰的是，格鲁比先生手中拎着一条鲑鱼。

"爸爸！你看！"亨利喊道，生怕大鱼从手中逃走。

哈金斯先生瞪大了眼睛，然后欢呼起来。

"确实是条大鱼。"格鲁比先生说道。

"他徒手抓到这条大鱼！"给亨利帮忙的那个人解释道，"这个男孩儿走到小溪流中，徒手逮住了这条大鱼。我还从没见过这样的事情！"

"一整天都没有鱼上钩。"哈金斯先生说道。

"你过来，称一称它有多重。"格鲁比先生说道。

哈金斯先生帮亨利将大鱼吊在了吊秤下面。亨利屏住了呼吸，指针指在二十九磅的位置。

"二十九磅重！太酷了！"亨利尽量压抑着兴奋说道。

小排骨绕着大鱼跑来跑去，吠叫个不停。周围钓鱼的人都议论起来。"你别动，我去车里把照相机拿过来。"哈金斯先生说道，"我给你拍个照。"

亨利得意扬扬地站在大鱼旁边，给他帮忙的那个人又向周围的人们讲述起亨利逮鱼的详细过程来。

亨利看到斯库特和他爸爸从河岸台阶下的小船中出来了。斯库特的爸爸拎着两条银鳞鲑鱼，斯库特手中则拿着一个饭盒。

当斯库特和他爸爸顺着台阶爬上来的时候，亨利故意装作很随意的样子喊道："嗨！斯库特——"这时候哈金斯先生带着照相机回来了。

"离大鱼再近一点儿。"哈金斯先生说道。不用提醒，亨利露出了灿烂的笑容。

亨利抓住小排骨，让它站在自己脚边。"如果不是小排骨冲着鲑鱼狂吠不止的话，我肯定不会发现它的。"亨利解释道。小排骨凝视着大鱼，喉咙中发出低沉的呜咽声。

别捣乱，小排骨

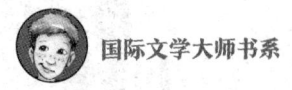

"这条鱼是你逮住的吗？"当照相机咔嚓响起时，斯库特问道。

"当然了。"亨利说道。

"他徒手抓到的。"那个给亨利帮忙的人插话道，"我还从来没有见过这样的事情。他光着脚走进小溪流中，徒手抓到的。"

"太难以置信了！"斯库特自言自语道，"一条大鳞鲑鱼！"

"亨利，我们走吧。"哈金斯先生说道，他将鲑鱼从吊秤下的钩子上取了下来，"你最好脱掉湿衣服，用那件长袍裹住。"

"好的，爸爸。再见了，斯库特。回家再聊吧。"亨利大声说道，往汽车边走去。他突然很同情斯库特，他忙碌了一整天，却一无所获，现在手中只拿着一个空饭盒。

小排骨又冲着大鱼猛吠了几声后，小跑着追赶哈金斯先生去了。"小排骨，你太棒了。"亨利说道，接着，他高声唱起歌来：

"汪汪狗粮是最好的,
比其他狗粮所含的肉都要多,
请你每天都买一罐狗粮,
你的狗狗就会快乐无比。
汪汪!汪汪!汪汪狗粮!"